[日]
涩泽龙彦
著

姚奕崴 译

たかおかしんのうこうかいき

高丘亲王航海记

广西师范大学出版社
·桂林·

小阅读·文艺

◆

目　录

儒

艮

　　唐咸通六年[1]，日本历贞观[2]七年乙酉正月二十七
日，高丘亲王[3]从广州出发，乘船前往天竺，时年
六十七岁。随行者安展、圆觉，皆为日本僧侣，在唐土
侍奉亲王左右。

　　阿拉伯人称交州为龙编（今河内），唐代后在此设
置安南都护府。广州可与交州相媲美，彼时为南洋贸易
中最为繁荣的港口。这座港口在汉代被称为番禺，大批
犀角、象牙、玳瑁、珠玑、翡翠、琥珀、沉香、银、铜、
水果和布匹汇聚此地，经商人贩往中原。到了咸通年间，
仍旧长盛不衰，贸易横跨亚非的阿拉伯商船自不待言，
江面上来自天竺、狮子国（锡兰）、波斯的商船，以及

　　1　咸通六年，即公元 865 年。咸通是唐懿宗李漼的年号。
　　2　贞观，此处是日本平安初期的年号，自公元 859 年至 877 年。
　　3　高丘亲王，日本平城天皇的第三皇子，药子之变时皇太子地位被废黜，
后出家成为空海的弟子，法号真如，于日本历贞观三年赴唐朝。

被称作昆仑船的南方诸国的船只舷舷相摩，甲板上肤色和瞳仁各不相同、半裸着黝黑肌肤的水手们东奔西跑，这景象有如人种大观。尽管大约四百乃至四百五十年后马可·波罗和鄂多立克才会航经这片海域，但如今南来北往的船上已然能够不时看到白蛮（欧洲人）的身影。单单欣赏发色不同的人往来穿梭，便是广州这座港口的一件趣事。

　　亲王一行的大致计划是，乘小船从这座港口出发，沿着被称作广州通海夷道的航路向西南进发，在安南都护府所在地交州登陆，经由被称为安南通天竺道的陆路进入天竺。安南通天竺道自交州起可分二路，一路翻越安南山脉去往扶南（暹罗）方向，另一条路则经由北方地势险峻的云南昆明和大理抵达骠国（缅甸）。眼下尚不能决定走哪条路。不得已时还须走海路，沿海岸线途经占城（越南）、真腊（柬埔寨）、盘盘（马来半岛中部），绕过罗越（新加坡附近）的海角，经由马六甲海峡进入印度洋。不过实际上，不论陆路还是海路，都是危机四伏、不可预测的未知区域，因而这是一趟计划赶不上变化的旅程，眼下无需多虑，唯有听天由命，尽可能向南行船便是。

　　因为靠近赤道，所以即便是在一月的严冬时节也没有那么寒冷，甚至算得上熏风和煦。亲王昂首挺胸，立于船舷，双手把住栏杆，眺望着港口的喧嚣。尽管早已年过花甲，但亲王依旧雄姿勃勃、腰杆挺拔，无论怎么看都不过五十岁出头。船已准备就绪，只待船长一声令下，即可扬帆出海。正在此时，一个少年一边呼喝着让码头上的人群让路，一边拼命从往来搬运的工人中钻过，从码头一溜小跑奔向亲王的船。亲王心中诧异，与身旁的安展换了个眼色。安展与亲王同是僧人打扮，年纪四十岁上下，是个目光锐利的壮汉。

"眼看就要出发了，这时候又闯过来个古怪的家伙。"

"我去看看。"

不一会儿，安展把少年带到了亲王面前。只见少年面庞圆润，手脚像女孩子一般纤细，十五岁上下，稚气未脱。安展人不可貌相，通晓外语，素来担任亲王的翻译，他用当地话盘问少年，少年气喘吁吁地回答说，他是个奴隶，从主人家逃了出来，被追捕者抓到的话必死无疑，因而想要在船中躲避。即便此后船要出海，自己跟着船被送到其他国家也心甘情愿。少年还央求说，如果能让他做些力所能及的工作，就算是在船底舀污水之类的活儿，他都将感激不尽。

亲王回过头望着安展：

"这岂不是穷鸟入怀？不要赶他走了。带上他吧。"

安展面露忧虑：

"只要不拖后腿就好。既然亲王想带上他，那就带上吧。我没有意见。"

此时圆觉也来了：

"即将渡海去往天竺的时候，也不宜造恶。此乃佛缘亦未可知。亲王，我们带上他吧。"

三人意见达成一致，这时船头传来了船长洪亮的声音：

"解缆，右满舵……"

船缓缓驶向江心，只见码头上两三个像是追捕少年的男子，正狐疑地盯着渐行渐远的船，嘴里还在叫嚷着什么。方才命悬一线的少年喜不自禁，哽咽着扑到亲王脚边。亲王拉起少年的手：

"今后你就叫秋丸吧。有一个名叫丈部秋丸的人前些年一直在我身边照顾我，他在长安因疫病去逝了。从今天起你就是秋丸二世，往后就侍奉我吧。"

于是，高丘亲王去往天竺之路的扈从就有了安展、圆觉、秋丸三人。在这里介绍一下圆觉这位僧人，他比安展还要年轻五岁，是偷渡到唐土钻研炼丹术和本草学的才俊。他拥有日本人所不具备的百科全书般的学识，常常让亲王都另眼相看。

船离开广州港，驶向遥远的目标雷州半岛和海南岛，就像是孤零零地漂浮在苍茫大海上的一片树叶，被往来无常的风左右着，忽快忽慢。有时灼热的南方海洋充满了潮湿的空气，水面像油一样没有一丝波澜，甚至让人产生一种焦躁不安的幻觉，不知道船究竟是在前进，还是在原地飘荡。有时，片刻之间船又劈波斩浪，像在水面飞翔一般突飞猛进，不禁让人担心桅杆会否被风折断。水的质量好像每时每刻都在发生着变化。南方海洋的风和水似乎都有着不可思议的特性，而在这里航行的船，也被完全不可预料的物理作用波及。每天，都会有仿佛是规定好了的暴风骤雨，这时视线里的一切都会被涂上暗淡的灰色，水天宛若渺渺相连，根本分不清谁在上谁在下。有时航行之人不由得要怀疑自己的眼睛，难道自己乘坐的船颠倒了过来，航行在苍茫无边而泡沫飞溅的天空？亲王对这片令人匪夷所思的大海感慨良多：

"就这样南下直至尽头，也许会见到在日本近海无论如何都不可想象的、世界上下颠倒的景象。不，为时尚早，不必为这些事惊讶。此后离天竺越近，或许，还会遇到更为奇妙的事情，非做好准备不可啊。那不就是我所期盼的事情吗？看吧，天竺又近了。高兴起来吧，天竺就要来到我身边了。"

站在小船船头，沐浴着海浪击打船只溅起的水花，亲王没有向任何一个人诉说，而是将这些话对着幽暗倾吐。吐露的话语转瞬间被风吹散，犹如真实存在的物体般断断续续地在海上翻滚远去。

　　亲王第一次听到天竺这个词，并为其陶醉得神魂颠倒，是在七八岁时。夜夜将"天竺"这个催情药一般的词语灌输进亲王耳朵里的不是别人，正是亲王父亲平城帝[1]宠爱的藤原药子[2]。

　　早在平城帝还是安殿太子的时候，药子就和她的女儿以宣旨[3]身份出入东宫，牢牢地把控住了年轻太子的心。不久太子即位，成为平城帝，药子不顾自己已为人妇，与平城帝的亲密关系愈发无所顾忌。那一时期的药子可谓是风光无限，频繁往返于宫中和行宫之间，日日与皇帝同床共枕。世人指责药子是在迷惑皇帝，但药子并不会为丑闻所动摇。相对于三十二岁正当年的皇帝，药子的实际年龄没有人知道。不过，考虑到当初她的目的是让自己的长女进宫服侍安殿太子，既然有一位正值妙龄的女儿，那么几乎可以确定她比皇帝年长。然而，年龄之于药子仿佛不复存在，她始终如一地保持着妖媚艳丽的容颜。究其原因，药子就如同她的名字一样，对

　　1　平城天皇，日本第51代天皇，806年至809年在位。让位于嵯峨天皇，后企图复位，药子政变时在权力争夺中失败，被迫出家。

　　2　藤原药子，日本平安时期女官。其长女为平城天皇之妃。810年因助平城天皇复位（药子政变）失败而自杀。

　　3　宣旨，指负责传达天皇命令的女官。

唐土传来的药物学和房中术造诣颇高。传闻甚嚣尘上，称她或许是秘密服用丹药从而施展返老还童秘法的。

药子，原本是一个普通名词，指的是宫中试毒的亲信。它之所以能够成为个人的名字，或许就是因为藤原药子的特质。如此说来，百卷本草学书籍《大同类聚方》[1]的编纂恰是在平城帝的时代。尽管不为人知，但想必药物学和毒药学是这个时代争权夺势必不可少的吧。药子，可以说是这个时代一个象征性的名字。

平城帝十分疼爱当时八岁的高丘亲王，动辄携爱子与药子一同游山玩水，或是在宫中、行宫举行宴会。亲王常常瞒着母亲，与父亲一起留宿在药子的行宫。药子虽然不是儿女情长、喜爱孩子之人，但她擅长让孩子对她着迷，这本领似乎与生俱来。出于一种共同保守秘密的同案犯似的率真和亲密，她与亲王迅速熟络起来。有时平城帝由于政务原因不能陪伴，药子独守空房难以成眠，她甚至会主动陪着孩子睡觉。听着药子讲的睡前故事，孩子心中充满了稚嫩的梦想。

"日本大海的对面是哪个国家，亲王，你能回答出来吗？"

"高丽。"

1　《大同类聚方》，日本最早的医书，由出云广贞和安倍真直受平城天皇敕令编著，808 年（大同三年）成书。

"对，那高丽另一边的国家呢？"

"唐土。"

"没错，唐土也叫作震旦。再那边呢？"

"不知道。"

"不知道了呀。在很远很远的地方，有一个叫天竺的国家。"

"天竺。"

"是的，释迦牟尼就出生在这个国家。在天竺，有我们从未见过的鸟兽在山野跳跃，从未见过的奇花异草在园中争奇斗艳，还有天人在空中飞翔。不仅仅是这些呢。在天竺，无论什么都和我们的世界是正相反的。我们的白天是天竺的夜晚，我们的夏天是天竺的冬天，我们的上面是天竺的下面，我们的男人是天竺的女人，天竺的河水向着水源流淌，天竺的山峰像一个巨大的洞穴凹陷下去。怎么样，亲王，这样一个奇异的世界，你能想象出来吗？"

说着，药子松开生绢衣襟，露出一侧的乳房，将亲王的手放在上面。不知从何时起，这成为一个习惯。她脸上浮现出暧昧的微笑，一只手轻轻地送到亲王两腿之间，将孩子的两个小球握在掌中，像铃铛一般晃动。在一阵密不透风的恍惚感的侵袭下，亲王一声不响地，任由对方摆布。如果这不是药子，而是宫中不可胜数的宫女当中的一个，亲王或许会因洁癖而厌恶得浑身发抖，毫不留情地将她一把推开。之所以没有这样，是因为无论怎样猥琐的行为，当是药子所作所为时，便分毫感觉不到谄媚与不洁。亲王觉得很舒服。

"亲王，亲王长大以后，会乘船去往天竺吧，会的吧。我想一定会的，因为我能够看到未来。不过那时候我应该已经死了，不在这个世上了。"

"为什么？"

"我也不知道为什么，但是我心中映照未来的镜子告诉我，我的死期不远了。"

"但是，你还很年轻。"

"你说话真中听，亲王。但是，我并不害怕死亡。三界四生轮回，我已经厌倦了做人，下一次出生我很想要卵生。"

"卵生？"

"是的，像鸟、像蛇那样出生。肯定很有趣。"

说着，药子忽然站起身来，从枕边的柜橱里将一个不知是什么的亮闪闪的东西拿在手里，丢向昏暗的院子，像唱歌一般：

"飞向天竺吧。"

看到这个不可思议的举动，亲王眼睛一亮，满怀好奇：

"什么东西，你扔了什么东西？告诉我吧。"

药子若无其事地笑了：

"它从这里飞到天竺，在森林中被月华润泽五十年之后，我就可以从中化鸟而生了。"

亲王依然是一头雾水：

"可是，那个发光的东西是什么？药子扔的发光的东西。"

"是什么呢？可以说是我尚未出生的卵吧。因为是药子的卵，就叫它药玉吧。这个东西不知道该叫它什么好。亲王，世上就是有这样的一种东西啊。"

这一刻药子的身姿宛如剪影，深深铭刻在了亲王的记忆里，从此再未消失。这是一个站在榻板上，沐浴着月光，将一个小小的发光体扔向庭院的女子的身影。恰恰是因为不知道那个小小的发光体为何物，记忆当中的印象才愈加散发出神秘的光芒，仿佛钻石一样，与岁月一同不断被打磨。甚至日后回想时都让人怀疑——是否真的有这样一件事？会不会是记忆出现了错误？然而，又不得不承认确有其事。亲王每每回忆，都觉得若非事实，脑海中不应该浮现出如此清晰的印象。

药子的话听上去像一个谜，然而四年过去，大同五

年的秋天，突然发生动乱，上皇一派与天皇一派对立。[1]
当得知药子死于这场风波时，亲王大为震惊。为了与已
经成为上皇的平城帝一同和天皇一方作战，药子与上皇
同乘一舆，从当时居住的奈良仙洞御所经川口道向东进
发，然而被嵯峨帝的大军拦住了去路，不得已折返御所，
就是在那个时候她辞别上皇，只身一人在添上郡越田村
路边的民房里服毒自尽。虽无声无息，但对于传说是毒
药学专家的药子而言，这无疑是死得其所。后世学者推
断，她事先准备自杀用的毒药是从乌头中提取的附子，
也就是乌头酸盐，然而真相已经无从考证。

尽管在很早以前，高丘亲王就被立为嵯峨帝的皇太
子，但这场政治斗争的后果很快显现出来，在药子死后
的第二天，他随即被废除了皇太子之位。亲手播下争端
种子的平城上皇自然是要落发入道，亲王虽没有罪责，
但仅仅因为是上皇的儿子这一个原因，就被废太子贬为
没有品级的亲王，实在是可叹，因此人们常常报以同情。
不过，对于当时刚满十二岁的亲王而言，废太子一事其
实并不意味着什么，反倒是如同与甘甜的天竺梦幻一起
消逝的星辰般，倏忽间从这个世上消失的药子，在他的

---

1 这里的动乱指"药子政变"。809年（大同四年），平城天皇因病让
位给弟弟嵯峨天皇，他自己成为平城上皇。810年，受平城上皇宠爱的藤原药
子策划废除嵯峨天皇，由上皇复位，未果，遭镇压。平城上皇出家，药子自杀。

心中留下了一个巨大的空洞。

又过去大约十年，刚满二十岁的亲王毅然决心剃
度，追求佛法，可以说，在亲王追求佛法的动机之中，
有着年少时药子给他讲述的天竺之梦所带来的影响。世
人皆言，因为药子之变后被追讨了皇太子之位，换言之
也就是因为宫廷里政治的挫败感和疏离感，失意的亲
王才会像他的侄子在原业平[1]走向色道修行一样，投向
了佛道修行。然而仅凭这些原因，不能够诠释亲王毕其
一生似乎紧紧聚焦天竺这一点的独特佛教观。或许，在
亲王有关佛教的观念中，浓缩着"exoticism"（异国情
调）这个词最纯粹的含义。"exoticism"，直译的话带
有一种对外部事物做出反应的感觉。自飞鸟时代以来，
佛教几乎可以算是舶来文化的别称，自不必说，它也放
射出"exoticism"的背光。对于亲王来说，佛教并不仅
限于所谓背光，其内部也犹如纯金一样，紧密填充着
"exoticism"，像洋葱一样、无论怎么剥都无穷无尽的
"exoticism"，其构造的核心，就是天竺。

十五年前从大唐回国、已名扬四海的空海上人[2]，

1　在原业平，平城天皇之子阿保亲王的第五子，是平安时代著名歌人，
位在"六歌仙"之列，以美貌、才华和狂热的恋爱生活而知名。

2　空海，日本真言宗创始人。804年（延历二十三年）来中国学习，
806年（大同元年）回日本。816年（弘仁七年）在高野山创建金刚峰寺。
他热心文化活动和社会事业，擅长书法。

于弘仁十三年[1]在东大寺修建了真言院灌顶堂，那时亲王年二十四岁，而早在这之前，亲王便已经与上人相交。因喜欢天竺，亲王追随风靡一时的真言密教导师，也是再正常不过的了。亲王在这座灌顶堂领受了两部灌顶，成为阿阇梨[2]，名居上人高徒之列。在上人入定后的四十九日法会上，亲王与五位高徒一同将遗骸置入高野山[3]中的院落，那时亲王年三十七岁。因为不是在写年谱，所以不再一一赘述，但修建东大寺大佛一事仍需一表。齐衡二年[4]五月，大佛的头部坠落于地，亲王与藤原良相时任修理东大寺大佛司检校，耗时约七个年头终于完成了修缮工程。据闻，贞观三年三月举行的大佛开眼仪式的盛况无以言表，那时亲王年六十三岁。

相传亲王在京时除东寺之外，还曾住在东边的山科和醍醐小栗栖，也曾幽居于西边西山的西芳寺、北面远方的丹后东舞鹤的金刚院。西芳寺虽然后来成为临济宗的寺院，但在镰仓时代之前一直是真言宗的教院。也有迹象表明，他曾在毗邻父亲平城帝陵寝的奈良佐纪村的一座名叫超升寺的大寺做过住持，而且经常从那里出发攀登高野山，或是去南大和、南河内附

1 弘仁十三年，公元822年。
2 阿阇梨，在天台宗、真言宗中，给满足特定条件的僧人授予的高位。
3 高野山，位于日本和歌山县东北部，是金刚峰寺的所在地。
4 齐衡二年，公元855年。

近的真言寺院巡游。

也许是因为厌恶凡尘钟爱幽居，亲王的别称之中，甚至多了一个"头陀亲王"的尊号。所谓头陀，指的是置身于云水之间，托钵行脚的一种苦行生活。说到别称，后世的称号通常来自法名，却鲜有人有这样多的别称。例如高丘亲王是本名，别称有真如亲王或真如法亲王，此外还有禅师亲王、亲王禅师、入道无品亲王、入唐亲王、池边三君，等等，甚至还有"蹲太子"这样古怪的名号。所谓"蹲"，意指乍一看上去畏首畏尾、优柔寡断的性格，很有意思。然而正是拥有这种性格的一个人，才能将古代日本最大的"exoticism"发扬光大吧。

亲王的经历之中还有一件不可忽视的事情，就如同等候大佛开光仪式结束一般，同样是在贞观三年三月，已经年过六旬的亲王亲笔上书，希望得到行脚诸国的许可。"出家已四十年有余，余生无多。唯愿跋涉诸国山林，瞻仰抖擞之胜迹。"看到《东寺要集》当中的上书文，时至今日的我们依然能够强烈地感受到亲王毅然决然遍行日本全土、至死方休的决心。这篇上书还提到，这次诸国行脚的同行人员有僧人五人、沙弥三人、童子十人、从僧童子各两人，周游山阴山阳南海西海道。不过，这个巡国修行的计划很可能没有实现。若问缘由，似乎是一度中意的日本国内计划已经无法满足亲王的内心，同年三月，他又再度上书，这次奏请的是入唐的敕许。

大佛开光法会于贞观三年三月举行，不到五个月后的八月九日，亲王便登上了从难波津[1]去往九州的船，来到了太宰府[2]的鸿胪馆[3]。眨眼之间，工作进展干脆利落，这时哪里顾得上诸国行脚，亲王心中只有入唐一个念头。贞观四年七月，此前下令让唐通事张友信[4]建造的船一竣工，亲王便率领总计六十人的队伍登上新船，自然是直奔大唐。在这支六十人的队伍中，就有后来一同前往天竺的僧人安展。

船曾在五岛列岛[5]外围的远值嘉岛等待顺风，而后继续进发，驶入波涛汹涌的东海，最终在九月七日抵达明州的扬扇山。从明州去往越州，然后等待办理进京许可的手续，终于在一年零八个月之后，许可下达，亲王于贞观六年五月二十一日经洛阳进入长安城。随行者大半已经返回日本，因此与出发时相比这时人数已是极少。

1　难波，日本大阪市一带的古名。难波津曾是通往濑户内和大陆的船只的重要停泊港口。

2　太宰府，日本律令制下，设于筑前国筑紫郡的地方官府。主要掌管九州的九国二岛的行政工作、接待外国使节、守卫沿岸和管理与大陆之间的商船贸易等事务。今在福冈县太宰府市有其遗址。

3　鸿胪馆，日本古时设在京都、难波和太宰府的接待外国使节的公馆。

4　张友信，唐末杰出的航海家、造船师，是高丘亲王入唐时的舵师之一。

5　五岛列岛，日本九州西海岸外群岛，属长崎县。

据《头陀亲王入唐略记》[1]记载，留学僧人圆载向唐懿宗表奏亲王入城一事时，皇帝曾颇为感慨。

令人惊讶的是，五月方才进入长安的亲王没有休整，同年夏秋便委托圆载办理去往天竺的手续。看来从一开始亲王真正的目标就是天竺，不论是诸国行脚还是入唐，不论是洛阳还是长安，都不过是为了抵达天竺的踏脚石而已。所谓亲王是为了追求在洛阳、长安，与当地高僧几经论道也未能得到解答的佛法真谛，而不得不赶赴天竺，事实也未必如此。没有漫长的故事，亲王单刀直入，直奔主题，进入长安城后旋即想方设法办理去往天竺的手续。

同年十月，亲王得到了皇帝的允许，可以去往天竺。他意气风发，从长安启程，取捷径去往广州。引用杉本直治郎[2]所论，详细情况应该是从长安南下经过蓝关，横穿秦岭诸峰之一的终南山来到汉水流域，再从襄阳取道虔州大庾岭或是郴州路，然后抵达广州。从长安到广州的距离有四千至五千里，据说亲王一行很可能是骑马

1　《头陀亲王入唐略记》是一部日记，为高丘亲王入唐时的随从所写，从大唐之行被天皇批准之日开始写起，到第二年亲王的多名随从归国为止。这部日记不但是高丘亲王入唐这次中日两国交流的真实记录，也是唐代航海值得珍视的可贵资料。

2　杉本直治郎，日本著名历史学者，曾任广岛大学教授、日本学术会议会员、广岛史学研究会理事长等职，著有《阿倍仲麻吕传研究》《真如亲王传研究——高丘亲王传考》等著作。

行进了两个多月才走完这一段路。当然，安展、圆觉都
在这一行人之中。

　　抵达广州之后，恰逢东北季风的末期，因而亲王一
行未作停留，直接搭船向南进发。此时是贞观七年正月
二十七日。

　　一穿过雷州半岛和海南岛之间的水道，大海逐渐变
成青黑色，像胶质物一般黏稠，加之名不虚传的季风，
船速迟缓。混沌的天色下，终日浓雾低垂，像是被水汽
形成的幕布包围，伸手不见五指，而且潮热难耐。到了
夜晚，黏糊糊的水面上会出现像萤火虫般星星点点的光
亮，原来是夜光虫。虽然在南方的海上并不少见，但对
于无聊到厌烦的亲王一行人而言，也算是赏心悦目的一
时消遣。

　　亲王坐在舷边，难以排遣极度的空虚，他打算吹一
吹在长安得到的一支笛子。笛声出乎意料地动听。笛声
从船舷流淌入大海，宛若烟云弥漫开来，这时水面的某
处翻滚起来，一个从未见过的光头生物忽然从那里探出
头来，似乎是被笛声吸引。亲王并未察觉，但同在舷边
的安展注意到了，并将这一情况报知船长。船长往水下
一看，说道：

　　"啊，那是儒艮。这一带海域很常见。"

　　无聊至极的水手们协力将通体淡粉的儒艮拉到了甲
板上，它吃了船长拿出来的肉桂馅儿点心，喝了酒，心
满意足，开始昏昏欲睡。很快，一粒霓虹色、肥皂泡似
的粪便从它的肛门飞了出来，一粒接着一粒，轻飘飘地
在空中飘荡，一转眼便破裂消失。

　　秋丸好像很喜欢这头儒艮，自告奋勇说要照顾它，
小心翼翼地恳求亲王，能不能养在船上。亲王笑着同意
了。于是，此后这头儒艮就大摇大摆地在船上和一行人
同吃同睡了。

　　安展悄悄观察后发现，有时候秋丸会坐在索具上一
本正经地对着正在啪嗒啪嗒拍着鳍的儒艮说话。像是在
教它说话似的，一句一句掰开揉碎，仔细教导。

　　"索——布，阿吉梅特，尼——"

　　安展不由得笑出声来，回头一看，正好圆觉也来了。
圆觉问：

　　"那不是唐音。是哪个蛮族的语言？"

　　安展也悄声答道：

　　"嗯。刚才我也注意到了。我觉着像是乌蛮的
语言。"

　　"乌蛮？"

　　"是的。居住在云南深处的罗罗人。这么说来，那
个秋丸的扁平圆脸，多少能让人联想到罗罗人。"

　　或许是秋丸精心的语言教育收获了良好的效果，令人惊讶的是过了不到十天，儒艮清清楚楚地从口中说出了类似人类语言的词句，尽管不过只言片语。当然，那是只有秋丸才能听懂的龁舌，但兽类能够发出类似人语的声音已经是不可小觑。亲王满怀欣喜，认为这是祥瑞之事。

　　从那时起，此前消失的风又迅猛地吹起来，船也随即开始在海上急速地航行。风一旦起势便没有了适度一说，不分昼夜，狂风大作，待一行人因恐怖战战兢兢，不知如何是好之时，四下里已完全呈现出暴风的景象。风暴持续了差不多十天，小船无计可施，众人只能眼睁睁地看着船不断向南飘去，或许早已经飘过了交州。尚未沉没已经是不幸中的万幸了，只有藏身在船舱之内，祈祷着不论到哪里都行，但求快一点看到陆地。亲王一行人因晕船都已是气息奄奄，唯独秋丸和儒艮泰然自若。

　　风终于停了，云彩的缝隙间露出了久违的蓝天，这时人们已经神志不清地一路向南飘了十天。忽然，瞭望的水手在桅杆上放声大叫：

　　"看见陆地了！"

　　紧接着，无精打采的一行人仿佛被注入了一股生气，乱哄哄地聚集在甲板上，激动地望着浮动在远方海面上岛屿的影子。不对，那不是岛屿，那是向左右无限延伸的漫长海岸线，被郁郁葱葱的绿树覆盖，是无边大陆的一部分。

"那是哪里？应该比交州要靠南吧。"

"怎么可能是交州，我觉得那里应该是越人居住的日南郡象林县，或者是最近被称为占城的土地。哎呀，没想到被吹到了这里了。"

"占城这个地名，应该和出自《维摩经》[1]的植物瞻葡有关。这种树的花香能传出很远，所以会吸引金翅鸟。梵语称之为'champaka'。"

"不愧是圆觉，引经据典啊。这一带很有可能生长着很多芳香四溢、开满金色花的瞻葡树，可以去看看。连海滩上都密不透风地生长着枝繁叶茂的不知名热带树木。走，上岸。"

船几乎像是要搁浅一样，开进了红树林盘根错节的海湾，沐浴在数十天未曾闻到的、浓郁到令人透不过气来的苍郁植物的气息中，一行人感觉又重新焕发了生机，终于靠岸了。儒艮也用鳍摇摇晃晃地走着，勇敢地登上陆地，表现出要跟随一行人的意愿。

在密林之中，有人类走过的细微痕迹，像是一条

---

1 《维摩经》，全称《维摩诘所说经》，亦称《维摩诘经》，佛教大乘经典之一，通过维摩诘与文殊师利等菩萨、罗汉共论佛法，阐明大乘佛教的教义。

路。一行人勇敢地踏过羊齿植物和树根，穿过幽暗的林间，眼前豁然开朗，这是一片长着荒草的开阔地，而且，这里有人类。

可能是住在这一带的越人，四五个男人围坐在一起，谈笑风生，边吃边喝。仔细看去，他们徒手抓着鱼和肉大口吞咽，还不时把吸管插到小陶碗里，然后把吸管的另一头插进鼻子，用鼻子吸食碗里的液体。每个人都是这样。

在荒草后面观察的亲王惊疑不定，小声问道：

"举止怪异啊。圆觉，你怎么看？"

"我也是第一次见，不过那可能就是传说中越人鼻饮的风俗。像那样用鼻子吸食酒、水，似乎会让他们产生一种妙不可言的滋味。"

就在此时，亲王不留神在荒草里放了一个声音异常响亮的屁，正在吃喝的男人齐刷刷向这边看过来，一边吵嚷着不知所以的土语，一边起身向这边走来。顿时一行人惊慌失措。即便是自诩为外语通的安展，也并不掌握这一带的土语，不能担任翻译，只得和圆觉一起一头雾水地站起身。

然而这些男人却没看亲王、安展和船长等人一眼，而是将异样的目光直勾勾地投向一行人中最年轻的秋丸，其中一个人突然将秋丸拦腰抱起拔腿就跑。秋丸挥

舞手臂，双腿乱踢，拼命挣扎，但对身高两倍于自己的
大汉而言毫无效果。不能就这么不声不响地眼看着秋丸
被掠走，安展一马当先追了上去。

安展年轻时性如烈火，曾经因为惹是生非被逐出寺
院，他对自己的身手颇为自信，大步流星追将上去，不
由分说，从身后对准抱着秋丸的大汉飞起一脚。大汉随
即一个趔趄，秋丸扑通一声倒在地上，说时迟那时快，
安展又从正面一头撞向对方胸口，那人仰面朝天应声倒
地。安展的动作一气呵成，那个人的同伴未及出手，就
已经被他的气势压倒，狼狈而逃。虽然不知何时还会出
现，但至少这会儿看不到那帮男人的身影了。

或许是因为受到了过度的惊吓，秋丸还保持着摔倒
在荒草上的姿势，失去了意识，亲王第一个快步跑到他
的身边。接着，亲王看到了他不该看到的情形。他从秋
丸自肩膀到胸口撕裂的衣服缝隙里，看见了虽然算不上
丰满，却真真切切的女性乳房。

那个夜晚，一行人不得已在森林中间的空地露宿，
众人入睡之后，亲王、安展和圆觉三人面对面围坐在篝
火边谈话。

"佛门弟子偕女人出行，成何体统？既然已经知道
了真身，只能把秋丸赶走了，再怎么可怜她也不行。"

"一开始我就担心她是一个累赘。接下来去往天

竺，倘若是要穿越云南，高山险路无处不在。以女人孱弱的双腿，连一座山也翻不过去。"

亲王听着，沉默不语，看两人都已经各抒己见，他平静地笑了：

"不，无须如此在意，亦不必纠结于男女之别。大家也都知道，秋丸一开始是个男人，直到如今才变成了女人。离天竺更近一些，她又变成男人也未可知。如果连此般奇迹都不能相信，又何必奔赴天竺？秋丸能走到哪里，我们就把她带到哪里，没什么不合适。"

亲王的这番理由，安展和圆觉都不是很理解。但亲王的话掷地有声，极有威严，两人皆如同拨云见日，为自己竟然在如此小事上纠缠不休而感到惭愧。

最初，一行人并未感到不适，但在森林中度过一晚之后，大家都切身感受到这个地方的高温。这种炎热是在日本想象不到的，让人萎靡不振。天明，一行人再度走入森林之中，然而临近正午，烈日炎炎，没有斗笠根本无法行进。于是在一片茂密的蓑衣草丛中，大家都制作了斗笠，戴在头上继续前行。秋丸不仅给自己做了一个斗笠，也给儒艮做了一个。然而，儒艮单是离开水就已经苦不堪言，再加上酷暑难耐，急剧地虚弱下去，尽管在秋丸的帮助下没有掉队，但当天下午，它最终还是力竭身亡。临死之前，它用清晰的人类语言对秋丸说了这样一句话：

"我很快乐。但此刻，在终于能说出这句话的时候，我却马上就要死去了。我将和语言一起死去。即便生命终止，儒艮的灵魂不会就此消散。在不远的未来，我们还将在南边的大海相见。"

留下这样一句谜一般的话语之后，儒艮安详地闭上了眼睛。大家在森林一隅挖了墓穴，将儒艮的尸体细心安葬，三位僧人在墓前虔诚地诵念经文。亲王想起，儒艮最初从海中出现时自己是在吹笛子，于是再度吹响了笛子，为死去的海兽祈祷冥福。在热带森林中，笛声宛如清冽的泉水涓涓流淌，在树木之间穿梭，清亮悠扬。

突然，一个怪模怪样的生物窜了出来：

"啊，吵死了，吵死了。我最讨厌笛子了。难得睡个舒服的午觉，结果被恼人的笛声吵醒了。哎呀，真可恶。"

这个生物一边发出尖锐刺耳的叫声，一边上蹿下跳，它究竟是个什么东西？嘴是细长突出的管状物，尾巴长着蓬松的长毛，像扇子一样，四条腿像是打着草绳绑腿，又像是穿着毛袜子般乱蓬蓬的，长长的舌头不时从尖嘴里探出来舔来舔去。每当它急急忙忙地行走，尾巴的长毛就像拖着袴的下摆似的扫着地，卷起一阵风。

亲王慢慢把笛子收进锦囊，目瞪口呆，问道：

"圆觉，你应该知道吧，这个奇形怪状的生物，叫什么？"

圆觉挠了挠头：

"哎呀，我也不知道这个东西。就算在《山海经》里也未曾记载，如此匪夷所思的怪物。看来它应该是懂人话的，姑且让我打探一下它的底细吧。"

圆觉向前一步，盯着那个生物：

"喂，怪物，尔胆敢妄称亲王所奏笛声嘈杂。放肆！尔若不知，且听之，此乃平城帝第三皇子，剃度为僧，得获传灯修行贤大法师位之真如亲王是也。尔若有名号，不必胆怯，报上名来。"

那生物满不在乎：

"我叫大食蚁兽。"

圆觉盛怒之下愈发满面通红：

"休得胡言！给我好好回答。这种地方怎会有大食蚁兽？不可能！"

双方已是剑拔弩张之势，眼看就要扑向对方了，亲王看不下去：

"喂，圆觉，没必要这么生气。即便这里有大食蚁兽，也没什么大不了的嘛。"

圆觉反驳道：

　　"亲王有所不知，这才会无动于衷地说出这么不负责任的话。我也不怕犯下时空错乱的错误，就斗胆直言了，原本大食蚁兽这种生物，应该是在距今六百年之后，哥伦布的船抵达新大陆才第一次发现的生物。这样一种生物，为什么会出现在这里？现如今出现在这儿，无论是从时间上还是空间上都有悖常理。请您想一想，亲王。"

　　这时大食蚁兽插嘴说道：

　　"不，不对。我们一族的存在怎么会为哥伦布之流发现与否所左右呢？真是荒唐。发现不发现都无所谓。我们在这片土地上生活，比人类还要早。蚂蚁能够生存的地方，我们没道理生存不下去。想要将我们的生存场所限定在新大陆，这只不过是狭隘的人类本位想法罢了。"

　　圆觉没有畏惧：

　　"如此请问，尔何时、缘何自新大陆来到此处？如尔不可回答，尔之存在即为虚妄。"

　　大食蚁兽毫不退让：

　　"我们一族发祥的新大陆亚马孙河流域地区，从这里来看，恰好是地球的背面。"

　　"那又如何？"

　　"也就是说，我们是相对于新大陆大食蚁兽的

antipodes[1]。"

"什么？　antipodes？"

"正是。就像是物体倒立在水中的影子一样，在地球的背面，在我们的脚下正相对的地方，存在着与我们一模一样的生物。这就是 antipodes。问题并不在于我们和新大陆的大食蚁兽孰先孰后。如你所见，我们破坏蚁冢并以蚂蚁为食，而且这个地方与新大陆一样，有不可胜数的蚁冢。蚁冢，难道不是从一开始就保障了我们在这里生存的权利吗？"

这时亲王走到了两者中间：

"到此为止吧，由我来了结这场争论吧。大食蚁兽确实言之有理。圆觉也不要太激动。都说了是 antipodes。不夸张地说，我正是为了一睹这 antipodes，才计划要乘船去往遥远的天竺。因而在此地偶遇大食蚁兽，可以说是一种难能可贵的幸运。记得方才提及蚁冢，我还从未见过。如若方便，大食蚁兽可否为我们领路？顺便也可以观看你进食蚂蚁。一并谢过。"

大食蚁兽转怒为喜，马上站在了一行人的先头，一边摇晃着颀长的身体，一边缓缓地走向密林深处。喜爱生物的秋丸兴高采烈地紧跟在大食蚁兽的后面。

1　antipodes，地球上出于正相对位置的两个地区，对踵点。

　　走了一里地，豁然开朗，当高高耸立的圆锥形蚁冢
映入眼帘，一行人呆若木鸡。大家都是第一次见到如此
奇怪的东西。怎么形容呢？将松塔形状的东西拉伸到异
乎寻常的大小，从地下钻破地面，矗立在半空当中，仰
视它的高度，很难想象这竟然是昆虫制造出来的东西，
其魁伟程度甚至让人怀疑这些是当地古代文明的遗迹。

　　亲王无意中发现，在这个蚁冢粗糙的表面上，恰好
在人向上伸手能够摸到的高度，镶嵌着一个桃核大小的
东西，像是光滑的绿色圆石头，不知道是什么。既然注
意到，亲王就无论如何也想要弄清楚。这只能问大食蚁
兽。大食蚁兽这时刚用爪子在蚁冢的一角掏出一个洞，
然后把细长的嘴伸进洞里，用它的长舌头灵活地捕食蚂
蚁，当亲王问它时，它这样回答道：

　　"根据我们一族流传下来的传说，不知是什么时
候，那块石头从大海另一边的国家飞来，异常迅猛地撞
在了蚁冢上，然后便像这样嵌进了外壁，想摘也摘不下
来。据说石头是翡翠，在月光澄明的夜晚，会闪耀着清
透的光芒，能够看到里面有一只鸟的身影。在月光的照
射下，石头里的鸟吸收月的华光，渐渐长大。也有人
担忧，有朝一日石壳被打破，初生的鸟振翅飞向那边
的天空，那时我们 antipodes 的一族将会荡然无存。尽
管不合逻辑，但传说确实如此。"

这个传说深深地震撼了亲王的心灵，但他还是装作若无其事的样子。他不动声色地向精通历学的圆觉询问了这么一个问题：

"下一个满月之夜是什么时候？"

"上弦月已经凸起了，我觉得就在这两三天。"

等到那个满月之夜，亲王确认露宿的众人都已经熟睡，便悄悄起身，只身一人蹚着草木行走在森林之中，来到了那座蚁冢面前。月亮正在缓缓向夜空升起，月亮下面是黑魆魆雄伟的蚁冢，看上去比白天太阳光下更加怪异。

屏息凝神地等待了半个时辰，终于月上中天，蚁冢被照射得分外明亮，与此同时，镶嵌在蚁冢外壁的小石头，也显得格外分明。何止能看清楚的程度，石头放射出让人头晕目眩的明亮光芒，简直无法直视。亲王目不转睛地盯着那里。有鸟。石中鸟沐浴着四溢的光芒，眼睛尤为闪亮，那架势看上去就要打破石壳展翅而飞。

这时，亲王心里忽然浮现出一个想法，他自己也觉得非常意外，这个想法是如此匪夷所思，甚至一时间自己都难以理解。如果在这只鸟破壳而出之前，自己果断地用全力把这块石头扔向日本，那一瞬间时间是否会倒流？过去是否会在眼前重现？真是个荒诞的想法。显然，这个念头之所以会涌入亲王的大脑，是因为亲王心中浮现出了将一个不知是什么的发光物体扔向幽暗庭院的女子剪影，浮现出了六十年前药子的身影。

"飞向天竺吧。"那时药子的话语仍然像音乐般回荡在亲王耳边。

亲王和诱惑战斗着。一方面，他并非不想一睹鸟从石头里飞出来的景象。但另一方面，他又强烈期盼着鸟就这样被封存在石头里，而他能够重新沉醉在过去甜美的岁月之中。他还怀揣着一丝希望，如果将石头丢向日本让时间倒流，他或许能够见到怀恋的药子。诱惑最终胜利了，亲王伸长手臂，从头顶上方粗糙的蚁冢外壁上，用力抠下了熠熠生辉的石头。石头啪嗒一声掉了下来。就在此时，光芒消散，它变成了普通的石头。

这天晚上，亲王垂头丧气地回到了一行人露宿的地方。他将这件事藏在了自己心里，没有对任何人说起。后来，偶然在一行人面前聊到大食蚁兽的事，但无论是安展，还是圆觉、秋丸，都一脸茫然。亲王愈发觉得当时中邪了，或许谁都不曾遇到过那样的生物吧。

兰

房

周达观[1]是元代人，奉成宗之命，随元朝使节赴真腊（柬埔寨），暂居当地约一年时间，回朝后将其见闻撰写为《真腊风土记》。据这本书记载，真腊沿海共有数十个港口，择其一视之，则"悉以沙浅，故不通巨舟。然而弥望皆修藤古木、黄沙白苇，仓促未易辨认，故舟人以寻港为难事"。高丘亲王一行乘船靠近真腊沿海，尽管是在周达观时代的四百年前，但无疑情况是相似的，置身于湄公河三角洲茫茫一片茂密的荻草和芦苇之中，一行人不得不咀嚼着在误打误撞里茫然无措的惴惴不安。所幸时值丰水期，水位上升，与湄公河相连的河流无不汹涌逆流，一行人的船不费吹灰之力从大海沿

1　周达观，元代旅行家。1295年赴真腊（今柬埔寨）访问，1297年返国。据所见闻，撰成《真腊风土记》，记录真腊地理、历史、人物风俗、社会状况及其国际关系等情况。

河逆流而上，一直向北航行了大概十天，回过神，已经深入内陆。在那里他们发现一个一望无际的大湖。周达观称之为"淡洋"，当地方言叫作洞里萨湖[1]。

"从来没见过这么大的湖。不知道要比近江的湖大多少倍。"

"何止是近江的湖，纵然洞庭那样的大湖也不可相提并论。下雨涨水，应该还要比平时大得多。"

安展、圆觉都立在舷边，像是看呆了一般眺望着浩渺的水面。目力所及，碧波荡漾，无边无际，银光闪烁，水天一色。所到之处尽是水，顺着船前进的方向，既看不到山峦也看不见森林。诚然南边尽头便是真腊，那里鸟翔空中，鱼栖水底，然而四下里却丝毫不见生命的迹象，连影子也没有。秋丸毕竟年少，不安地问：

"听说去往天竺必须要翻山越岭，可是，亲王，依然看不见那座山呀。"

亲王笑了：

"你要是以为这么轻而易举就能到达天竺，那可大错特错了。不继续向北前进，是看不到山峰的。首先是水，我们闯过了水的世界，然后才是山。这是定律啊。"

不知不觉眼前的湖面上，出现了沙洲模样的陆地，上

---

1 洞里萨湖，又名金边湖，位于柬埔寨西部，是东南亚最大的淡水湖泊，也是柬埔寨人的"生命之湖"。

面生长着细瘦的野生浮稻，船长请示说希望能在这里临时停泊。得到亲王同意之后，船停靠岸边，补给食物和水源。

从船上望去，几乎难以将这片陆地与周围的湖水分辨开，它看起来仿佛浮岛一样无所凭恃，然而真正踏上地面，一行人发觉这里不仅土地出乎意料地坚固，而且幅员辽阔，似乎四通八达。水洼中还有小鱼跃出。这里还是有生物的。亲王带着秋丸一直走到远处，回头望去，船已经很小很小了。他们在那附近找到一处绝佳的芦苇荡，决定钓鱼。鱼的个头很大，像是鲤鱼成了精似的，唐人称其为草鱼。用芦苇叶和茎做饵钓鱼，十分有趣。

亲王和秋丸正在全神贯注地钓鱼，忽然一艘小舟不声不响地从水面上靠近过来，上面传来一个男人的声音：

"在做什么呢？"

是流畅的唐音。亲王抬头一看，只见一个身材矮小，长着唐朝宦官那样黄色皮肤、一脸褶皱的男人独自一人划着船。此人头戴幞头，身披绿色丝绢长袍，看上去年纪不小，但实际上与年逾六十的亲王相比肯定是要年轻很多。在如此人迹罕至的边境地区，首先令亲王瞠目的便是他身着不合时宜的华贵男式盛装。亲王一边目不转睛地望着男人的脸，一边冷静地回答：

"一看便知。在钓鱼。"

男人捕捉到了亲王的口音：

"你的唐音稍稍有些奇怪。好像带有一种古怪的口音，不知道是哪里的方言。应该不是土生土长的唐人。你是哪个国家的人？"

"正如你所见，我不是唐人。不瞒你说，我来自日本。"

"从日本来？那就是日本人了。真没想到。我第一次遇到日本人，有很多很多问题想问。这样吧，请上船。那边的小兄弟也请一起吧。"

不论是发型还是服饰，秋丸看起来皆非少女，因而他准是把秋丸当成了男孩子。亲王不由莞尔，遥指船的方向：

"不必了，我的同伴还在那边船上等着。不能不跟他们打声招呼就随你走了。"

"哪里，一会儿工夫的事情而已。我带你们去个好地方。这可是千载难逢的机会，过了今天一时半会儿可就见不到了。"

"究竟要去哪里？又要看什么？"

"阇耶跋摩一世的后宫。从这里穿过沟渠，大约一里地之外有一个人工池塘，这座池塘中有一座小岛，王的后宫就在这座小岛之上。"

亲王对真腊国的历史知之甚少，因而听到阇耶跋摩一世这个名字，脑海里也没有什么具体的概念。不

过，倘若这位国王是佛教信徒的话，或许掌握着有关
天竺圣地的一些消息，即使不能直接面见国王，能在
这个男人的带领下造访王的后宫也当有所裨益。亲王
这样思考着。对方仿佛看穿了亲王的心思似的，接着
说道：

"这位阇耶跋摩一世首次实现了此前历代诸位君王
均未能做到的真腊国大一统。他被奉为转轮圣王，也被
尊崇为大自在天的化身。今天是伟大君王的第八十个生
日，因而岛上的后宫才会特意向我们普通民众开放。当
然，也并不是谁都可以进去。如果不是像我这样在宫内
当差的官员，便没有进入的资格，即便是有资格，还必
须要拿出符合规定的信物。因为我有正规的信物，所以
你们能够和我一起进宫。来吧，请上船。慢慢吞吞的话
就来不及了。"

秋丸不停地使着眼色，意思是要拒绝男人的邀请，
这让亲王略为犹豫。留在后面的安展和圆觉不知道该有
多担心，考虑到这一点还是就此断然拒绝为好。然而与
生俱来的好奇心最终占了上风，亲王还是经不住诱惑登
上小船。秋丸也迫不得已，跟在亲王后面上了船。船很
小，三个人上来就满满当当了，男人灵巧地划着桨，船
像是滑行一般在水面上行驶起来。

出发之后不久，男人一只手伸进脚边的头陀袋，拿

出一枚贝壳：

"请看，这就是进入阇耶跋摩一世后宫所必需的信物。我是出生在温州的唐人，在这个国家只是一介外国人，但因为长期在宫廷当差，这才特别赏赐给我的。"

说着眨上一只眼睛，洋洋自得地笑了。亲王他们一看，那些都是同一品种的法螺贝。

在湖面上航行了一段时间，船来到了人工的沟渠。说是沟渠，或许应该叫作小运河。亲王回想起在唐土的时候，为参拜泗州普光王寺，他曾与安展等数名从者从杭州出发，沿着一望无际的江南大运河北上时的情形。眼下通航的沟渠自然没有那么壮阔，左右两岸皆用石堤加固，可能更接近杭州或苏州城内的水道。唯独与城中水道不同的是，左右两岸既没有人家也没有亭馆，更没有杨柳依依的景致，所见仅有遍地未经人工修剪的、野生的矮小植物。更不消说看不到人影了。石砌的堤坝上生满了青苔，颓圮的地方随处可见，感觉这里像是早在数百年以前就已经被弃置不用了。如果是那位叫作阇耶跋摩一世的国王建造的，他又是出于何种目的，在这样的地方修筑这样一条沟渠呢？想来这条沟渠应是百无一用，恰是这一点令人大惑不解。

船不断前行，岸边起初疏落的植物也愈发浓密，蔓延开来，能看到棕榈、槟榔树、榕树的气根，乃至于千奇百怪、蜿蜒扭曲的茂盛藤蔓植物。唐人划桨的速度快得出奇，不知不觉已经走出了很远。亲王看见一只蜥蜴趴在阳光照射的沟渠石头上，后背反射着金光，像一件艺术品似的纹丝不动；看见一只玻璃一样透明的蝴蝶轻柔地扇着翅膀，掠过水面飞去；还看见五彩斑斓的鹦鹉落在触手可及的矮枝上，发出酷似人语的叫声。这些无不是在日本见所未见的珍禽异兽，亲王的好奇心得到了充分的满足。然而人工的东西，比这些自然的东西更为强烈地撩拨着亲王的好奇心。穿过密林，在较为宽阔的岸边一隅，能看到雕刻着稚拙圆形人脸的石柱隐匿在茂密的羊齿植物之中，亲王心想这是何物。正在思索，他又注意到石柱不止一个，许多同样的柱子相隔一定的距离而立。可能是某种祭祀的对象。顶部是圆柱，中间突出一张圆脸。即使在唐土也从未见到过如此怪异的东西。

亲王忍不住问正在闷头划桨的唐人：

“那边看到的石头是？”

“啊，那个吗？那个叫作林伽。”

唐人漫不经心地回答道。

“林伽？”

“是的。你是日本人，不了解亦在情理之中，那是仿制的大自在天的男根，因而雕刻在正当中的面孔也就是大自在天的脸。大自在天，也就是梵语中的湿婆神。人们认为这个国家的君王是湿婆神的化身，因此相信王的灵魂就依附于林伽之上。"

亲王此前对男根崇拜一无所知，没有任何概念，听到唐人的解释，仍旧没有特别奇特的感觉，根本联想不到淫祠、邪教之类的词汇。见到额头生着第三只眼、浑圆面孔童子相貌的湿婆神，他反而觉得莫名亲切，甚至会情不自禁地笑出来。看啊，天竺不远了，高兴吧，天竺触手可及。亲王不可自抑地要在逐渐亢奋的心中发出这样的呐喊。他不由得回头看着一旁的秋丸，

"看，秋丸，这是在唐土看不到的南国风光，多么有趣，好好欣赏吧。我觉得林伽上面的那张脸和你的脸很像，你觉得呢？"

亲王难得口无遮拦，然而他越是乐不可支，秋丸的脸色就越难看，像是要哭出来似的：

"这是什么话。请您不要开玩笑了。我担心得不得了，都不知道要被带到哪里去。以后安展一定会狠狠地骂我，责怪我为什么没有拉住亲王，我现在愁死了。"

"杞人忧天，真是不像你啊。你多虑了。"

本想压低声音说话，不让唐人听见，但在狭窄的小船里，两人的窃窃私语被唐人听了个一清二楚。

"不用担心。我不是人贩子，而且既然要去的地方是后宫，那里就只需要年轻女子。小兄弟大可放心。"

听到这话秋丸仍然怒气冲冲，把脸扭向了一边。

九曲回肠的沟渠仿佛没有尽头，小船激荡起富有规律的水声，在石砌的两岸中间匀速前进。周围依然只有繁茂的植物，见不到一个人影。亲王和秋丸坐在船尾，唐人面对着他们，背向船头，专心致志地划着船。他两腿撑住船，上身配合着双臂运动大幅度地前后摇摆，让人担心他戴在头上那顶古怪的饰物会不会不留神掉进水里，然而掉是掉不下来的。

尽管一开始和亲王搭讪时，他见到日本人是那样惊奇，但接下来却像是完全遗忘了似的，再也没有提及日本的话题。他在想什么？唐人的心思难以捉摸。不过，在船上脸对脸一言不发实在是尴尬，因此亲王尽可能地寻找话题，跟唐人攀谈。

"自从二十五岁出家以来，我始终过着不近女色的生活，不过在那之前我确实有过妻子，也生养了三个孩子。我父亲是日本的皇帝，从妃子到官女、采女，有过来往的女人不可计数。而我自幼出入父亲的后宫，所以仅就日本而言，我觉得我对后宫的真实情况还是有所了解的。"

"原来如此。从人格气质，我就看出您不是一般人，没想到竟是日本皇帝的皇子。如此，我为您带路更是动力十足。很遗憾，我并不熟悉日本的后宫，但不管怎样，说到真腊国的后宫，那可是成千上万人可以自由享乐，冠绝世界的青楼。"

"啊，你说什么？"

"我说冠绝世界的青楼。"

"这又是为什么？"

"刚才我不是说了吗？今天适逢伟大君王八十寿辰，王的后宫会向普通民众开放。"

"我听到了。"

"那么所谓开放，就意味着我们普通老百姓也能够像君主一样，成为后宫的主人。也就是说今天一天，王的后宫会变成为普通老百姓服务的妓院。"

"啊？"

看到亲王浮现出略带困惑的表情，唐人意识到自己刚才的解释似乎并不充分，于是提高了嗓门，接着说道：

"可能您还有不明白的地方，我简单解释一下。阇耶跋摩一世建立了名扬四海的真腊国的后宫，这位国王从年轻时便荒淫无度，待到三十岁之后，世上的寻常女子已然无法满足他，于是他派遣使者，去四方邻国搜寻珍奇女子。一个古老的传说称，在从骠国到云南的山岳

蘭房

地区，也就是今天被南诏[1]这个国家统治的险峻地带，居住着一个种族，族中偶有单孔的女性诞生。国王就是要寻找这种稀世珍贵的单孔女人。说到为什么单孔女人会成为国王垂涎的目标，则要说到天竺婆罗门提出的房中术理论，给予了具有这种肉体特征的女性极高评价。其他的您大可尽情想象。实际上，和您一样，我既没有见过单孔女人，更没有与她们两情相悦的经历，对于她们的优点只能想象而已。"

这时唐人才第一次笑了起来，露出了满口乌黑的牙齿。他继续说道：

"国王派出的使者深入云南内地，遍寻堪称秘境的罗罗人居住的山间村落，耗费十年时间，最后终于找到了数位单孔女人。女人们被幽禁在岛上的后宫，得到了国王的宠幸，被唤作陈家兰，想必取的是像兰花一般珍稀之意。我倒是觉得这些女人更像是鸟。据说这些陈家兰，最初仅有寥寥数人，但接下来的十年间增加了一倍，不知不觉增加到了数十人。就像改良家畜以培育优良品种一样，这种显著成果的出现，或许很大程度上得益于某种饲养和管理女人们的方法吧。"

1　南诏，古国名。唐时云南的地方政权。唐初，云南西北各民族自立称王，号称六诏（"诏"意即"王"）。唐开元中六诏最南之王皮逻阁，并吞六诏合称南诏。

"但是，怎能有这种事？"

"能有不能有，不如接下来我们去看一看吧。陈家兰，是我眷恋已久的对象。有生之年能够承蒙王恩将陈家兰拥入怀中，哪怕一次也好，如此所思久矣，万万想不到今天夙愿成真，那个秘密即将在我的面前揭开面纱，我的宏愿将就此实现。因此，请不要妄言质疑陈家兰的存在。日本的情况我不知道，但至少在真腊国的后宫，时至今日，陈家兰已经在众多的妃嫔之中，形成了一个强有力的阶层。无论是谁，都无法否认其存在。"

正说着，终于抵达沟渠尽头，船缓缓驶入一方宽广的人造池塘。这是一个方圆足有百里的方形水池，能看到其中央是一个填池造陆而成的小岛。小岛被一片浓郁的绿色覆盖，树影斑驳之中是建筑物白色的外墙。虽然没有特别的必要，但亲王出于保险起见还是问道：

"是那个岛吗？"

"是那个岛。"

亲王立马得到了肯定的答复。

"这个水池，以及这座岛，都是奉国王之命为容纳陈家兰而新营建的。有水路从王宫笔直地通向水池。因为在这个国家，交通只能依靠水路，除了我们方才通行的沟渠之外，沟渠像网一样四通八达，无所不至。"

奇怪的是，亲王心不在焉地听着唐人的介绍，忽而困意越来越浓、不可抑制。或许是船桨单调的划水声，水面反光摇曳，再加上小船长时间不停地左右摇晃带来了催眠的效果。亲王一点一点坠入了慵懒的恍惚之中，仿佛是被难以抗拒的睡魔拖走了一般。然后，他做了一个很短的梦。

梦中，亲王仍旧是坐在船上。不过，这是一条摇橹的船，驾船的是船夫。乘船人是亲王和藤原药子，两人在狭窄的船舱里促膝而坐。既然是像这样与药子在一起，那么梦里的亲王应该又变回了七八岁的孩子。但如果是这样，为什么这里不见父亲平城帝？的确亲王在七八岁的时候，曾乘舟造访过琵琶湖[1]的竹生岛[2]，但当时是和父亲一起，药子应该不在船上。

"那个时候呀，我没有去。虽然想去但是我拒绝了。亲王，你明白是为什么吗？"

"不明白。"

"因为竹生岛禁止女人进入，所以我才拒绝。不过今天没有关系了。看，亲王，看呀。"

只见药子嫣然一笑，不知何时她在船里把长发扎起

1　琵琶湖，位于日本滋贺县中部，是日本最大的淡水湖，它为滋贺县和京都、大阪、神户等地提供生活和工业用水。

2　竹生岛，琵琶湖北部的一个岛屿，全岛绿树成荫，为风景胜地。

来，像男孩一样，穿上了孩童打扮的水干[1]，完全变成了一个男孩子的模样。这副打扮英姿飒爽，又有一种说不出的风情，着实与药子十分相称，让她看上去根本不像年近四十的女人。这样一来，纵然是禁止女人进入的竹生岛上目光刁钻的神官恐怕也是难辨雄雌。亲王很高兴，不由得笑了起来。

然而，亲王心中依然惦念着，究竟为何在这里看不见父亲的身影。此前从来没有过撇下父亲和药子两人单独外出的情况，更没有去过近江的竹生岛这样远离都城的地方。正因为从孩提时候起他就很清楚，父亲和药子并不是单纯的主仆关系，也正因为他意识到药子是父亲的情人，所以虽然在没有父亲的地方，自己和药子两人独处很快乐，但亲王禁不住有一种忐忑不安的感觉。他强烈地感到，即便是什么也不做，自己也好像背叛了父亲。但虽说如此，能够和男子装扮的药子四目相对坐在船中，第一次无人打扰，清清静静两个人出游，不可谓不开心。这让亲王喜不自胜。

顺着船前行的方向看去，漂浮在遥远对面的竹生岛被悬崖峭壁环绕，葱茏茂密的绿树像帽子一样覆盖在断崖之上。亲王觉得似乎曾在哪里见过一个一模一

---

1 水干，日本平安时代下级官吏、地方武士、男性平民的普通服饰之一。

样的岛，却无论如何也想不起来那是在哪里了。不，想不起来也是正常，对于未满八岁的亲王来说，除了琵琶湖里漂浮的大大小小的几个岛，再未见过其他的岛屿。从来没见过的东西，又如何能够想得起来呢？

　　岛屿东面有一道狭窄的海湾，此外周围尽是屏风似的耸立的悬崖，因此要登上竹生岛，唯有让船靠近东面这个海湾。从船上岛，眼前便是石阶，不管要去哪个寺院神社，都必须要攀登这些石阶。亲王和药子手牵着手爬上了石阶。在梦中，可以不费吹灰之力轻松地跃上两三级石阶，亲王体会到一种畅快的感觉。

　　攀登到石阶尽头，是一个向湖面延伸的朱红色回廊，回廊旁边矗立着一座三重塔。姑且不管现实中的竹生岛上有没有三重塔，现在重要的是亲王梦里的竹生岛，梦里的三重塔。三间四方柏皮修葺的三重塔，抬头看屋顶的曲线，美得令人窒息。沉醉片刻，药子有力地牵着亲王的手，走进塔的内部。

　　塔的内部有些昏暗，需要一些时间让眼睛适应。随着眼睛逐渐适应，塔里四面墙壁上色彩斑斓的净土变相图隐隐约约浮现出来，亲王"啊"的一声叫出来。这些画不知是什么时代的作品，色彩依旧非常鲜艳。下面凌乱地绘着阿弥陀佛和诸位菩萨，但格外吸引亲王目光的却是在他们上空飞翔、长着丰满鸟身的女人。她们身上长着鸟的翅膀，生着鸟的羽毛，与天人的羽衣迥然不同。一旦目光被吸引过去，其他的东西便再也入不了眼了。

"这个，是什么？"

亲王指着，小声问道。

"是迦陵频伽[1]呀。"

"迦陵频伽？"

"是的，是天竺极乐国的鸟。据说在卵中的时候就能够用欢快的声音鸣叫。脸是女人，身体是鸟。"

"长得像药子哎。"

"啊，是吗？"

正如亲王所言，那张传承了天平美人特点的，丰满、典雅、沉稳的面孔，可以说与药子的脸有着共同的特征。

走出三重塔，周围已陷入了一片黑暗。这里是岛屿的制高点，远望可以看到湖水。不对，只是应该可以看到湖水而已，当时偏偏是没有月亮的暗夜，两人只能模糊地估计哪里可能是湖水。突然，亲王看到一只金黄色的鸟低低地贴着水面飞掠而去，犹如在漆黑湖面上划出一条线。刚开始亲王以为是渔火，但渔火不可能那样迅速，发出那样耀眼的光芒。不一会儿，亲王又看到了一只，这次是从相反方向，同样是掠过水面飞去，边飞边

---

1 迦陵频伽，意译"妙声鸟"，在佛教经典中，常以其鸣声譬喻佛菩萨之妙音。

发出金黄色的光，即便消失以后其影像依然残留在眼中。很快，鸟增加到三四只，并没有马上消失，而是金闪闪的，开始在水面上彼此振翼嬉戏，如跳舞一般。亲王想那一定就是迦陵频伽。然后他一只手扶着松树，向悬崖下面看去，想要看得更清楚一些。就在这时……

"危险！亲王，亲王……"

听上去似乎是药子在后面叫他，但感觉又不像是药子的声音。

"亲王，亲王……"

是秋丸小心地唤着正在小船上打盹的亲王。

"到了。请您醒醒。"

这一声把亲王叫醒了。一睁开眼，亲王就想到，刚才梦中觉得似曾相识，形状酷似竹生岛的岛屿，会不会就是这座岛？不过，要是在一个重现自己七八岁时模样的梦里，遇到了已是年过六旬的自己，还有刚刚经历的事，那只能说是不可思议。而且，靠近观察，其实这座岛看上去并不怎么像竹生岛，全岛一马平川，并没有刀劈斧砍的石崖。岛的四周是砂岩，一个以大蛇为栏杆的露台向外伸出，朝向泊船的海湾，从那里有台阶可以走到池边。唐人灵巧地划着船桨，将船分毫不差地停进了那里。

亲王正摇摇晃晃地要从船一跃上岸，唐人尖着嗓子说道：

"请小心！水池里面有成群的鳄鱼。请留神，掉下去的话就没命了。"

原来如此，只见无数条巨大的爬虫在浑浊的水下重重叠叠，黝黑的脑袋浮浮沉沉。秋丸不由得轻叫一声，紧紧抓住亲王。刚刚醒来还迷迷糊糊的亲王，这一下子也彻底清醒过来了。

穿过身体前端扬起、颈部皮褶膨大如扇、长长的蛇身被直接当作栏杆的大蛇露台，三人慢慢步入岛屿深处。似乎整座岛屿都是后宫的庭院，首先映入眼帘的是四处散养的孔雀。可能是散养，也可能是野生，真正的情况不清楚。之所以这样说，是因为所到之处的植物铺天盖地、茂密繁盛，看不出人工的痕迹。一座看上去像是后宫的建筑隐匿在绿影之中，上面同样密密麻麻爬满了藤蔓植物，很难想象会有人住在那里。想来，在无人居住的地方应该不会单单散养着孔雀。但如果这里是用于幽禁后宫女子的设施，眼下既没有管理者也没有值守人，空无一人，这可能吗？

穿过茂盛的羊齿植物站在后宫建筑前，亲王心中愈发疑窦丛生。可能是由于极端的潮湿，像是由砂岩建造的建筑物的柱子和墙面上，覆盖了一层厚厚的苔藓和地

衣，将触手插入石材缝隙的榕树气根，以恐怖的力量在
建筑物上造成了龟裂。假如始终有人管理，应该不会任
由植物猖獗生长到如此地步。如果这里住着人，依然撒
手不管听之任之，那一定是有什么缘由。在疑问攻侵之
下，亲王考虑要不要向走在前面的唐人询问。然而，唐
人似乎是要追回中途闲谈耗费的时间，头也不回，步履
匆匆，急急忙忙地爬着后宫的楼梯。

　　看着那个可疑的背影，秋丸小声说：

　　"亲王，那个人脑子是不是有点问题？我刚才就
觉得特别特别奇怪。在如此荒凉的地方，怎么可能住
着人？"

　　正面楼梯旁边外墙的腰石上，雕刻着各种精致的动
物浮雕，有大象、金翅鸟、龟等，其中大部分都已经磨
损风化了，看上去犹如数百年以前辉煌文明的遗迹。这
些是无论在日本还是唐土，都不曾见到过的珍稀西洋浮
雕，亲王一边饶有兴味地侧目观赏，一边和秋丸攀登楼
梯，赶上了走在前面的唐人。唐人已经站在了后宫大门
前，好像是正火急火燎地请求开门。

　　听到唐人的声音，从半扇门中突然冒出来一只连眉
毛都煞白的大白猿。唐人恭恭敬敬地向这只白猿叩首，
战战兢兢地说道：

　　"此次适逢阇耶跋摩一世陛下八十寿辰，臣张伯容，

幸得宽仁吾王之恩泽来到此地。若能玩味闻名已久陈家
兰之香露，当是幸甚至哉。"

然后一只手伸进随身携带的头陀袋，从中拿出三个
法螺贝，递到白猿手上，回头看看跟在后面的亲王和秋
丸，像是向白猿介绍两人，说道：

"这两位都是我的人。"

白猿将手里的法螺贝仔细端详一番，然后一脸严峻
地抬起头，瞪着唐人的脸说：

"这个不行。不是正规的，我不能接受。"

这时候唐人的狼狈相，看着都让人觉得可怜。他双
手颤抖，语无伦次：

"为什么？请解释一下原因。这是三年前我从式部
省[1]的长官那里得到的。这……为什么……"

"你好好看看。这三个贝壳是不是都是右旋螺纹？"

"右旋的，不可以吗？"

白猿露出怜悯的笑容：

"没有你这么无知的。听好了。比湿奴神有四只手
臂，这四只手臂分别拿着神盘、莲花、神杵和神螺。连
小孩子都知道，这位比湿奴神的神螺必须是左旋的。那
才是天下珍品，只有南天竺和狮子国中间的大海才出产。

1　式部省，日本律令制下的八省之一，负责处理官吏的考核、选任
等事项的官衙。

正因为如此，王才会把这种左旋的法螺贝，也就是比湿奴神的神螺，作为进入后宫所需的信物。你连这些事都不知道，就堂而皇之地跑到后宫来，哎呀呀，您真是个难得一见的人物啊。"

遭到白猿一通冷嘲热讽，唐人丧魂落魄，抱着脑袋一屁股坐在石阶上。

这时，秋丸将目光投向亲王，说出一句让人意想不到的话：

"我有左旋的贝壳。亲王，给您吧。"

说着，从衣襟里拽出一条项链，项链一头是一枚小贝壳。亲王吃了一惊：

"喂，秋丸，别乱说。你怎么可能有那样的珍品。"

然而白猿从旁窥见，犀利的目光认出了贝壳：

"嗯。这个贝壳虽然小，但是毫无疑问就是比湿奴神的神螺。虽然我不知道你是从哪里得到的，但我干这行三十年了，可以保证，它完全能够用作信物。"

秋丸不知是在跟谁说话：

"这个贝壳是我父亲的遗物。我一直把它带在身边，从不离身，没想到这个时候派上了用场。"

这时，已经瘫坐在台阶上的唐人，突然两眼放光站了起来：

"这个贝壳，可以让给我吗？我出沙金百两如何，小兄弟？"

秋丸高傲地说：

"我拒绝。这是我要送给亲王的，怎么可能让给你。"

亲王面露难色，看看秋丸，又看看唐人：

"我已是皈依佛门之身，而且年事已高，女人于我已是无物，即便是见到陈家兰也没什么意义。我原本就没有非见不可的打算，是在邀请之下才来到这里，秋丸的心意我领了，但如果有人想要，这个法螺贝但让无妨。我不进去也没有关系。"

秋丸情绪有些激动：

"亲王，您这么说话合适吗？明明您很想看看后宫。没必要跟我客气，请去尽情观赏吧。我在这里等候。"

秋丸把贝壳往亲王手里一塞，推着似的把亲王送到了门前。

在白猿陪伴下踏入建筑内部的那一刻，亲王依依不舍似的最后回头看了一眼，秋丸正眼含热泪，站在大门口一动不动地注视着他。

进到后宫之中，室内空空荡荡，高高的穹顶，廊柱排列成行，回廊曲曲折折，正对着回廊的是中庭。穹顶和墙壁皆刻有浮雕，似乎曾经镀过金粉，但已经完全剥落，暴露出丑陋的痕迹。回廊墙角到处都是来历不明的神像和怪兽雕像，镶嵌着宝石的眼睛放射出空洞的光。

蜘蛛网遍布穹顶墙壁，地板上积了厚厚的一层尘土，走起路来四处飞扬，亲王苦不堪言。

进入室内后不久，白猿拿出两顶类似纱织口袋的帽子，把其中一顶递到亲王手里：

"这里蚊子多。用这个包住头再去兰房。"

虽是头一次听到兰房这个词，但亲王很自然地理解为这应该是指陈家兰的房间。

亲王跟在头戴纱帽的白猿后面，在曲折的回廊里绕来绕去，其间仍然没有看见人影，宫内四下无声。回廊无穷无尽，转过来转过去，面前依然是回廊，甚至让人觉得是不是在同一个地方重复走了两三遍。亲王渐渐不安，事到如今后悔了，责怪自己不该来这个地方。自己一把年纪还对后宫之类的事情好奇，又好像是被秋丸看穿了心思，想着都觉得羞愧难当。或许秋丸正因为把亲王放在心上，才能一眼看出亲王没有表现出来的想法。托秋丸的福，亲王发现了自己心中未能被觉察的秘密。然而，事已至此，后悔也没有用了，只能一直向着目的地走下去。

忽然，白猿在回廊中间停下了脚步：

"从这里开始，您可以一个人向前，不需要再带路了。兰房就在这个回廊的尽头。"

只身一人，亲王愈发紧张不安。如白猿所说，沿着长廊一直走到最后，有一间大厅模样的八边形房间，这里就是终点，哪儿也去不了了。房间中央静静地放着一把石椅。不管三七二十一，亲王坐在这把椅子上，擦了擦流淌下来的冷汗。

亲王最开始还没有注意到什么，但在不经意间环视四周后，他发现这个八边形房间的每一条边都有道门。也就是说，以这个八边形的房间为中心，八个房间像花瓣一样呈现放射状。不对，八条边其中的一条边通向回廊的出口，因此准确来说，房间的数量是七个。啊，兰房是哪一间呢？这样想着，亲王又发现房间的地板用的是一种拼花工艺，以他坐着的椅子为中心，铺设着放射状的花砖，直到七个房间的大门。很明显，这是一种装饰，显然这间兰房是经过设计的。就这样东瞧瞧西看看，不知不觉亲王的不安烟消云散。

这七个房间里，真的关着被称为陈家兰的稀世女人们吗？一个房间一个人的话，那么这里一共住着七个人。可在如此荒凉的建筑物内部，女人们是如何生存的？是谁在照顾她们的饮食起居？唐人说过这是国王迎来的第八十个生日，但他平时会为了和陈家兰寻欢作乐，来到岛上后宫里的这七个房间吗？坐在椅子上，亲王一时间百思不得其解。这样想着想着，他便想要干脆打开房门，亲眼看看从未见过的陈家兰的真正模样。这种欲望在不断膨胀，这种不可抑制的欲望，让四十年来不近女色的亲王自己都觉得匪夷所思。

　　终于亲王下定决心，从椅子上站起身来，想要打开最靠近回廊的、对面左侧的房门。房门是对开门，亲王将两扇门板拉向自己，比想象的要容易打开。

　　亲王在里面看到了什么？毫无疑问是女人。这女子躺在固定的床铺上，脸朝向这边，玉体横陈，一丝不挂，丝毫不觉得羞耻。但不论怎么看，她的下半身都不是人，而是生长着浓密的茶色羽毛的鸟。这是个长着鸟的下半身的女人。当然脸是人类，但她一动不动地大睁着扁桃一样细长的眼睛，一眨不眨。一开始鼓胀的乳房像是在鼓胀之后就戛然而止，就这样停止了发育。头发又黑又长，垂在锁骨明显的瘦削的肩膀上。没有肚脐，即便是有也因为被下半身的羽毛遮挡而看不见。亲王将眼睛瞪成了盘子大，但不论怎么看，女人的身体都像是死了似的纹丝不动。

　　亲王实在是没有走进房间的勇气，于是又把房门原封不动地关上了，然后打开了隔壁房间的门。

　　房间的构造别无二致，这里依然有一位相同类型的女人横卧在床上。让人吃惊的是，无论头发的黑度、扁桃一样的眼睛，还是乳房的形状乃至锁骨，这个女人的肉体特征都和上一个分毫不差。唯一不同的是下半身羽毛的颜色。上一个女人的羽毛是茶色，而这个女人的则是像黄莺那样掺杂了褐色的绿色。

亲王步履跟跄，关上门，又打开隔壁的房间。这里同样躺着一位相同类型的女人，只不过羽毛的颜色是灰色。接着是隔壁的房间，这里的女人是浅黄色羽毛。接下来是桃红色，然后是紫红色、银灰色。每一个都是在床上摆出相同的姿势，像是死了似的一动不动。不过，亲王虽然怀疑她们死了，却没有真正确认。因为他认为自己是出家之身，确认这种事太过于淫邪了。亲王只是在门口张望，甚至都没有用手触碰女人的身体。

这样看完七个房间之后，亲王紧张的神经似乎是放松了下来，顿时感觉十分疲倦，于是又松松垮垮地坐在了八边形房间中央的椅子上。不一会儿，亲王脑海中出现了长着女人面孔、色彩各异、纷纷扰扰的鸟的幻影。虽然累得就想这样在椅子上睡一觉，但亲王还是打起精神站了起来，再度上了回廊，走向了后宫的出口。秋丸应该在出口等着我吧。这样想着，亲王的步伐轻快起来。

根据记载真腊王事迹的碑文，阇耶跋摩一世的统治是从公元657年至681年，持续了近二十五年。因此，这个国王在世的时间应该是在高丘亲王天竺之行的大约两百年以前。唐人张伯容所谓亲王在真腊之时，恰逢这个国王第八十个生日之语，断然是无稽之谈。是哪里搞错了呢？只能认定，显然是张伯容弄错了年代。

貘

园

　　盘盘这个国名首次见于文献应该是唐代成书的《梁书》。其中列举了顿逊、毗骞、盘盘、丹丹、干陁利、狼牙修等六个可能地处马来半岛的国家。从六世纪后期至七世纪前叶，真腊（柬埔寨）兴起压制扶南（暹罗），原本自古受到印度文明影响的扶南文化，和它的大乘佛教一同南下，转移至马来半岛中部临万隆湾的盘盘。《梁书》提及的其他五国均在七世纪之后逐渐销声匿迹，唯独这个盘盘能够在唐代时期顽强地生存下去，普遍推测可能因为它是一个海路中继站，联结着东印度大乘佛教研究中心那烂陀[1]，和苏门答腊岛新兴的佛教王国室

　　1　那烂陀，古印度著名佛寺，在今印度比哈尔邦巴腊贡村。原是帝日王为北印度曷罗社盘社比丘所建，后经觉护王、幻日王等扩建，成为古印度规模宏大的佛教寺院和最高学府。很多印度第一流的佛教学者都曾在该寺教学和研究佛教，中国的玄奘、义净等都曾到此留学。

利佛逝[1]。甚至有说法称室利佛逝的首都并不在苏门答腊岛，很可能就在这个盘盘，这里拥有众多值得观赏的佛教遗迹。据传说，盘盘的太守营建过一个灵囿。灵囿这个词出自《诗经》的《大雅》，可以看作是周文王放养禽兽的一种动物园。

七世纪末期，为寻求佛法去往天竺的唐僧义净[2]，曾在以室利佛逝为中心的南海诸国前后逗留七年半，可想而知，他应该在寻访之中顺道来过这个盘盘。如此一来，义净便成为先于高丘亲王近两百年造访盘盘的一位难能可贵的老前辈。而且义净的天竺之行有始有终，对于亲王而言，他可谓是楷模一般的人物。然而，高丘亲王却对义净的旅程知之甚少。亲王或许对马来半岛的一些国家盛行佛教都一无所知。

那天仍然是酷热的一天。野生的橡胶树、椰子和香蕉遮天蔽日，行进在即便是白天也依旧昏暗的密林之中的小路上，亲王甚至糊里糊涂地忘记了去天竺这个最初的目的，心中纳闷，究竟是为什么非要在气候如此炎热

---

1 室利佛逝，古国名，七至十三世纪时故地在今苏门达腊岛，都今巨港。后迁至占碑。极盛时势力达西爪哇、马来半岛、加里曼丹西部，控制中国、印度、阿拉伯国家间交通贸易。俗信佛教。义净去印度巡礼往返途中，曾先后三次到此，并留居多年，译成佛经多卷。

2 义净，唐代高僧。671年，他经由广州，取道海路，经室利佛逝至印度，游历多处胜迹后，在那烂陀寺勤学，后又至苏门答腊游学。归国后，参与了诸多佛教经典的汉译工作。

的地方转来转去不可。实际上现如今正在前进的一行人自己都根本不知道该往哪儿走才能离天竺更近，大家只是一同没头没脑地挪动着脚步，因此情绪变得些许古怪也属正常。为了活跃沉闷的气氛，亲王一边走，一边向同伴指点路边生长的花草，以及落在这些花草上的虫子，让他们观察这些与日本司空见惯的动植物种类是否有所不同。精通本草学的圆觉站了出来，逐一进行讲解：

"这个很像一种名叫贝母的植物啊。拔下来看看，根部的形状就像是小贝壳聚集在一起，贝母这个名称就是由此而来。不过，我从来没见过花开得这么大的贝母。"

秋丸在石头下面发现一只巨大的西瓜虫，圆觉立刻说道：

"啊，这个叫作鼠妇，《尔雅》称之为鼠负。因为这种虫子常趴在洞穴里老鼠的后背上，就像老鼠背负着它一样。现在写作鼠妇，但这样意思就完全不通了。还有一种说法，称吃了这种虫子之后，老鼠会荒淫无度，故称之为鼠妇，不过这未免有些牵强。碰一下试试，它会立刻团成球。"

又走了一会儿，密林忽然开阔，来到了一片长满青草的原野。草像是短结缕草，沐浴着倾泻而下的阳光，闪闪发亮。原野正中央立着两三棵椰子树。阳光从头顶上直射下来，因而这里比密林中还要酷热难耐，不过让人喜出望外的是椰子树叶沙沙作响，不知从何处吹来了风。一行人长出一口气，决定就在这里坐下，仔细商讨接下来该向哪个方向前进。

坐到草地上的一瞬间，秋丸发出了一声惊叫：

"啊呀，有个怪东西。这是蘑菇吗？圆觉大人，您来看看。这个圆形的东西是什么？"

大家都把脑袋凑了过去，端详这个来历不明的东西。这是个硕大的圆形物体，像球一样在草丛中间，看上去像是植物，根部可能长在圆球的下面。这个球体的颜色发白，覆盖着一层薄膜，然而膜的内部由蓬松的气泡构成，这里面应该不是内核。圆觉反复观察，说道：

"马勃这种菌类自古为人熟知，但这个却不像。倘若是马勃，敲击之后应该会有烟雾般的粉尘从顶部的小洞喷溅而出。让我找一株试一下吧。"

随后，圆觉手指一碰，这个圆形物体仿佛泄了气一般，眼瞅着缩小了，但并没有粉尘喷溅出来。然后风一吹，它便开始在草原上辘辘辘辘地滚动，似乎也没有长着根。而且刚一滚动，四周顿时被一种不可名状的香气包围，众人的鼻腔里也充满香气。毋庸置疑，显然是这个圆形物体发出的香气借着风力弥漫在空气之中。亲王宛若沉醉了一般，说道：

"不可思议啊，真是无法形容的味道，我第一次闻到如此香气，却又似曾相识。这是一种深入骨髓的、让人怀念的味道。圆觉，你好像是看走眼了。很明显，这不是蘑菇。"

圆觉也点了点头：

"正如您所说，这肯定不是蘑菇。不，这甚至可能连植物都不是。在我看来，这像是女人的脂粉香……"

安展目光如炬，斜眼看着圆觉：

"你，竟如此口无遮拦，你了解女人吗？"

听到这句话圆觉垂头丧气，把后半句话咽了回去。

再看秋丸，她追上被风吹走的圆形物体，双手把它捧起，像是要把自己的鼻子伸到里面似的，贪婪地嗅着香气，仿佛没有听到大家的谈话。安展皱着眉头：

"喂，秋丸，差不多行了。香味是不错，但是不能大意。这个东西来路不明，说不定散发的是某种毒气，放下吧。"

被狠狠训斥了一番，秋丸这才把圆形物体从手里扔掉，然而她却眼神空洞，表情恋恋不舍。

一行人像是在突发事件中受到了震慑一般，默不作声地再次起身，将草原留在身后，走入密林之中。然而刚一进入密林，大家便又发现了散落在路上、同样模样的圆形物体，于是停下了脚步。地上不止一个，这究竟是什么东西？每个人都疑窦重重，但没有一个人贸然发声。正在此时，秋丸突然弓腰，敏捷地伸手拿起一个圆形物体，随即把它按在了自己的鼻子上。她动作迅速，众人都没来得及制止。应该是方才闻到的香气给她带来了十分强烈的快感，留下了难以忘怀的余韵。但是这次情况不同。大力嗅闻之后，秋丸感到头晕目眩，不由得将手中的圆形物体扔了出去，踉踉跄跄地摔倒在地，已经是面无血色。

"刚才不是说过了吗？蠢货。"

安展怨恨地用脚尖将掉在地上的圆形物体踢飞，与此同时，四周弥漫起一股每个人都闻得真切的异臭，简直是臭不可闻。秋丸跪倒在地，向下趴着，泪水涌上眼睛，不停地呕吐。亲王一边轻轻地拍着她的后背，一边说道：

"两个圆球看起来虽然一样，但一个散发出醉人的香气，一个则发出令人作呕的恶臭。不论如何，小心为妙。今后也是，最好不要随便伸手。毕竟这个来路不明的物体，就连本草学者圆觉都闻所未闻。身处南方的国家，偶然遇到超出我们想象的怪事也不足为奇，不出大事就好，对秋丸自己也是一个有益的教训。趁着太阳还没落山，继续前进吧。"

亲王一马当先，一行人再度出发。秋丸的表情虽然有些难看，但把能吐的吐出来以后，她又是一副满不在乎的样子，好像已经把刚才的痛苦忘了个干干净净。

密林尽头，一条大峡谷突然出现在眼前。阳光斜射，幽深的谷底沉浸在阴影之中，从茂密的树木当中，能够看见几座矗立着的尖塔似的建筑物，还有升腾而起的几股篝火的烟雾，显然这里应该是土著居民的村落。安展站在山坡上，望着谷底陷入沉思，不一会儿说道：

"贸然下去很危险，先让我和圆觉一起下到谷底，看看土著的状况。亲王，您请在此等候。"

说着，两人沿着一个接一个的岩角，扒开茂密的树丛，径直走向谷底。就在还能隐约看到两人身影的时候，忽然，有一头动物从附近的岩石阴影里探出了头。亲王冷不防被吓得浑身一哆嗦。

这动物身体像猪，却要比猪大很多，而且更肥硕，通体浑圆。它的毛色是黑白条状花纹，像光绫绸一样发出亮洁的光泽。它的眼睛像猪一样细长，鼻头有褶皱。而尤为奇妙的是它那奇长的鼻子，像喇叭似的弯曲着向前伸出，湿润的鼻孔不停翕动。一张滑稽的脸怔怔地朝向亲王，看上去极为老实，应当不会伤害人类。热爱动物的秋丸丝毫没有胆怯，她欣喜地想要用手去摸，于是向这个奇怪的动物迈出了一步。这时动物掉转身子，忽然抬起了短小的尾巴，撅起尾巴底下的肛门，一个圆球啪嗒一声从那里掉了下来。显然是粪便。

　　看到秋丸张皇失措，亲王放声大笑。可是就在看到刚才掉落在地的动物粪便时，他不由得大吃一惊，与秋丸面面相觑。这东西和刚才被误认作蘑菇的那种来路不明的圆形物体一模一样。本以为是植物，居然是动物的粪便。亲王迫切地想要把这个意外的发现告诉安展和圆觉，他俩要是知道了，该是怎样的目瞪口呆。秋丸似乎也有同样想法，毫不掩饰地把好奇的目光投向了那轻柔膨大的白色物体。

　　这时，亲王和秋丸身后传来怪异的龁舌：

　　"梅里瓦，豪来，豪来，唔……"

　　两人大吃一惊，回头看去，不知是什么时候过来几个土著民，并排站在岩石影子里，以探寻的目光望着两人。几个人无一例外都是半裸的男人，头上装饰着彩色的鸟羽，鼻孔上吊着金色的鼻环，仅在腰间围着围裙。他们像是来追踪逃走的动物，其中一个走上前来，发出奇怪的声音招呼动物：

　　"嚛、嚛、嚛、嚛……"

　　被召唤的动物似乎已经被驯化，慢吞吞地跑到男人身边。男人在这头胖墩墩的动物脖子上，熟练地铐上了锁。

　　亲王和秋丸直愣愣地看着，走在前面的男人向身后的同伴们打了个手势。突然，亲王和秋丸被粗暴地推倒在地，男人们一拥而上，从后面干脆利落地将两人的手捆住。一切都发生在刹那之间。

土著们一声呐喊，牵着脖子上锁的动物，用棍子戳着亲王和秋丸的后背，沿着长有灌木的山坡向下走去。因为两只手不自由，两个人只得在山坡上跌跌撞撞，弄得浑身是泥，任由栖息在灌木的牛虻一样的虫子嗡嗡扇着翅膀，成群结队地扑在脸上。

很快来到了谷底。他们穿过水面上低垂着繁茂蔓草的浅滩，接着沿河向平地深处走去。道路两旁是粗大成行的椰子树，犹如行道树一般。在这条路上走了一会儿，便是一座地基很高有藁树屋顶的小屋，小屋旁边有一个挖开的巨大红土坑。在这里，土著们把两人的绳子解开，猛推后背，把两人一把推进了这个土坑。这里应该是一种牢房。留下了嘲讽的笑声之后，土著们扬长而去。

亲王长叹了一口气：

"在安展和圆觉不在的时候被袭击了，实在是不走运啊。说不定我们的行动一直在那帮家伙的监视之下。真是来到了一个可怕的国家啊。"

秋丸也是愁眉苦脸：

"我不该对那头动物伸手的。为什么我总是没事找事，给大家添麻烦呢。"

"哪里，不是你一个人的错。刚才你向动物伸手的时候，动物转过身用屁股对着你排泄粪便，我看见之后笑得声音太大了。很可能是那阵笑声被土著们听见了。千虑一失啊。"

第二天一早，一串香蕉扑通一声被扔进了坑里，饥肠辘辘的两个人正狼吞虎咽地吃着，忽然发现坑外吵吵嚷嚷，似乎是聚集了一大帮人。很快，一个看上去像是这个国家有头有脸的上层人物的身影出现在头顶上方。这人从肩膀开始用一块宽松的白布裹身，蓄着胡须，腰悬利剑。他双腿分开，站在坑边冷笑着，用流利的唐音不紧不慢地对亲王说道：

"吾乃盘盘国太守。尔等非法进入本国。如实交代，意欲去向何方？"

唐音字正腔圆，亲王完全听得懂。亲王在坑底仰视着太守的脸，也用标准的唐音昂然回答：

"我从不知道经过此国还需必要的手续。我记挂的唯有去往天竺这一件事而已。"

"要去天竺啊？嗯，那我还要问了，去往天竺意欲何为？"

亲王一时语塞，因为就连他自己也没有想好。诚然，目的只有一个，那就是寻求佛法。自己奋不顾身东渡而来，不就是为了去往从二十岁左右落发为僧以来，已经一心一意地憧憬了四十余年的天竺吗？然而，对于这个不言而喻的大前提，亲王却不知为何感到难以启齿。扪心自问，自己筹划西游天竺当真是为了求法吗？他觉得似乎自己原本并没有这种雄心壮志，想要去往天竺，恐怕仅仅是出于孩提时代造就的对未知国家的好奇心罢了，这样的解释应该更为贴切。因此，亲王的回答不由自主变得磕磕巴巴。为了求法，明明是一句话的事，亲王颠来倒去地说了半天：

"我出生在日本，天竺是我的眷恋之地。也可以说是我青年时期即皈依佛门的原因。与其说去往天竺是为了求法，于我而言，倒不如说求法与天竺就是同义词。这就是我要去天竺的缘由。"

听罢，太守咯咯地笑了起来：

"肮脏的东海岛国佛教徒，真是能说会道。何必特意跑到天竺去，眼下，在这个盘盘国，教化之光熠熠生辉，佛法百花齐放，有无数证据可以证明这些。如今，甚至很多大唐的僧人都从长安来此留学。"

太守洋洋自得地说完，忽而话锋一转：

"你是不是经常做梦？"

虽然不明白是怎么回事，但对于自幼擅长做梦这件事，亲王还是有信心的，他毫不犹豫地回答道：

"经常做梦。"

太守旋即面露喜色：

"喔。这很好。有多经常？"

"几乎没有晚上不做梦。"

"嗯。这更好了。那么你是经常做美梦还是经常做噩梦？"

"从来没有做过噩梦，我做的梦都是美梦。"

听了这话，太守激动得仿佛都要哭出来了：

"唉哟，唉哟，这太神奇了，太罕见了。一直以来的苦苦等候是值得的。也许因为本国是南方国家，日照强烈，即便入夜，残余的阳光依然会扰乱人们的头脑，所以能够体会做梦之妙的人极其罕见。像你这样的人是万中无一。这个国家的很多人终其一生只做过一个梦，更有人连梦这种东西的功能都一无所知。你说你毕生的梦想是去往天竺，但既然如此擅长做梦，又何必还要去天竺？每晚在梦中欣赏天竺还不足够吗？算了，先不说这个了，马上带你去貘园吧。托你的福，貘园或许能够重拾往昔的繁荣。"

"咦，貘园是？"

太守并没有理会亲王的问题，而是自顾自地继续说道：

"是的，貘园。你在本国的貘园可以衣食无忧，大可以安心了。"

然后他注意到了秋丸：

"那个孩子，是你的侍童吗？"

亲王肯定地点了点头。

"这样的话，这个孩子也可以一同带去獏园。你们可以住在同一个房间。"

太守乐不可支，嘴都合不拢，离开了坑边。

翌日，来了一辆大象拉的车，亲王和秋丸被拖出待了两天的坑，坐上了那辆车，被直接带往獏园。两人第一次见到大象，发现竟然有物种的鼻子比此前看到的动物的还要长，惊讶得目瞪口呆。

那么，两人被带去的獏园究竟是什么地方？应该是历代盘盘太守营建的，那个传说当中闻名四海的灵囿的一部分。灵囿也就是动物园。人们砍伐密林，在人工开辟为庭院的广阔区域四周围上围栏，那边是老虎，这边是狗熊，像这样将众多的动物隔离收容，便是灵囿。有的围栏里还有犀牛这样珍稀的物种。还有汇集珍禽的禽舍，以马来半岛特产的白孔雀和砂糖鸟领衔，红、绿、紫，色彩艳丽的鹦鹉群振翅飞翔。义净游历至盘盘，想必也造访过这个灵囿。此处自古以来便名扬南海诸国，太守能从祖辈父辈那里继承并维护这一灵囿，实乃无上荣耀。

獏园处于这个灵囿最深处的枢要位置。这里饲养的动物就是出产于马来半岛的獏，也就是两天前亲王和秋丸偶然目击到的动物。据古书记载，貘集大象的鼻子、犀牛的眼睛、牛的尾巴和老虎的腿于一身，经常以铜铁和竹子为食，可是仅就亲王和秋丸所见，此物并没有那些怪物似的特征。貘虽然长得十分不协调，但看上去仍旧是一种正常的哺乳类动物。然而有别于其外表，它是一种不易亲近、嗜好奢侈的动物。围栏里面的貘舍是用砖瓦建造的，极尽奢华，邻近貘舍还有专门供饲养员居住的小屋，他们必须毫不懈怠地满足这种神经质动物的各种要求。

亲王和秋丸抵达貘园，刚好是下午的运动时间，三头饲养的貘并排在园内的草坪上散步。其中一头，与先前逃出这里、在大峡谷斜坡上吓了亲王和秋丸一跳的那一头十分相像。草坪上面散落着许多此前屡屡见到的那种圆形粪便。秋丸指着那些粪便，冲亲王笑着，这时饲养员冷不防打开栅栏门走了出来，说道：

"那是貘食梦的残渣。"

"啊？梦的残渣？"

"是的。貘以人类的梦为食，除此以外什么东西都不吃，因此饲养貘极其困难。"

说着，饲养员拿出扫帚和簸箕模样的工具，开始细致地清扫动物的排泄物。这个男人也像是盘盘国的官员，讲着一口不亚于太守的流利唐音。而后饲养员将扫起来

獏園

的粪便稍稍靠近鼻子，顿时皱起眉头：

"今天的粪便也很臭啊。看上去这段时间吃的都是噩梦。如果晚上吃了美梦，第二天早晨便会排出散发着令人陶然的馥郁芳香的粪便，而一旦吃了噩梦，那就是这样了。像这样每天排出恶臭的粪便，不管是多么喜好食梦的獏，活得都是极其痛苦的。"

听着饲养员自言自语，亲王对獏这种动物产生了浓厚的好奇心，禁不住问道：

"既然饲养如此艰难，那么这个国家为什么还要养这些獏呢？"

饲养员颇为不悦地回答道：

"一个原因是这个国家有传统。最早建立獏园，是在当今太守的六代之前，那时盘盘国还疆域辽阔，国力无比强盛，给饲养的獏提供梦易如反掌。经常做梦的北方罗罗人不断涌入盘盘国，专门承担向獏园的獏供给梦的任务。后来，真腊国兴起，控制了盘盘的北方，随即断绝了罗罗人的来路。这样一来獏园也变得难以为继。之所以这样，或许是因为这个国家的人从小脑袋就被太阳光灼烧，几乎丧失了做梦的能力。鼎盛时期喂养的二十余头獏，如今仅剩三头。因为在獏园许久都没吃到过梦了，饥饿难耐，所以有的獏才会破坏围栏逃走。最近，这三头当中的一头就刚刚逃跑过。"

"那干脆把貘园关闭不就可以了吗？"亲王插话说道。

然而饲养员用力摇了摇头：

"不行。这是所谓的国家传统，事关盘盘国的威信，坚守从祖辈父辈传承下来的光荣的貘园，是现行的国家方略。当今太守对待这一问题同样坚定不移。不过，太守也有太守个人的原因。"

"这个个人原因是？"

"嗯，因为这属于太守的家庭隐私，所以不能大声说，不过说给你听倒也无妨。据说很久以前，太守的独生女帕塔莉娅·帕塔塔患上了病因不明的忧郁症，看着她终日坐卧不宁的样子，太守非常忧虑，于是向婆罗门求教，婆罗门回答说得了这种病要吃貘肉。因为貘肉都是由梦的精华构成，具有祛除体内邪气的功效。尤其是在貘只吃美梦的情况下，这种功效尤为明显，能够立竿见影地医治疾病。大概就是这样说的。听取婆罗门的建议之后，貘园对于太守而言更是意义重大，无论如何都要让貘存活下去。太守的女儿已经被许配给了室利佛逝国的王子，因此太守决心，在她出嫁之前，无论如何都要把病治好。"

"可如果貘只排泄臭气熏天的粪便，即便是吃了它的肉，也治不好太守女儿的病吧？"

"是的，必须要有做美梦的人。因此，您就是百里挑一的那个人。"

"嗯，原来是这样啊。"

亲王对此也只能是叹了口气，再也说不出话来了。

砖瓦材质的獏舍内部极为宽敞，进去一看，宛如一栋建筑物套着另一栋建筑物。被套在里面的建筑物，正是向獏提供梦的人睡觉用的卧室。正中央是石质卧榻，卧榻上面放着一个古怪的陶制枕头，此外再无任何其他家具。二间[1]见方的空旷卧室，四面墙壁上有小窗户，从窗户向外望去，能看到正在踱步的獏。当然，因为窗户小，所以獏无法从窗户钻进卧室。獏散步的空间，也就是外侧建筑的内部，包围着正中间的卧室。獏用长鼻子发出呜呜的叫声，整夜在獏舍内部有如回廊似的空间里转来转去，寻找着梦。

獏似乎无须靠近正在睡觉的人，在一定距离之外也能够自如地吸食梦，只需将鼻尖从窗户里伸进来即可。独自一人在獏舍里面的卧室内睡觉，第一个夜晚，亲王虽然心绪极为不佳，但也没有遇到被獏伸舌头舔脸之类的状况，到了第二天早晨平安无事地睁开眼，这才松了

1　间，日本古代长度单位，1间约合1.818米。

一口气。唯独记不得自己有没有做过梦，感觉大脑一片空白，因此遇见饲养员的时候他说道：

"昨晚很遗憾，没做梦。太少见了，这辈子六十年来第一次遇到这种情况。想必貘也不高兴吧。办了一件坏事啊。"

饲养员却笑了：

"没有那回事，您做了个美梦。早上三头貘都排出了芳香的粪便。自己的梦被吃了个干干净净，您当然记不得了。所以，没什么好介意的。"

竟然是这样，听了这个饲养员的话，亲王虽然明白，但却有一种若有所失的感觉。孩提时自己就擅长做梦，而且尽是快乐的梦，这让自己甚为得意。正是因为能够回忆起快乐的梦，所以才会更快乐。可以说梦就是回忆本身。倘若失去了这种回忆的能力，梦不就相当于死去了吗？如果梦被貘一扫而光，每天睡醒时大脑都是空白，那么这种醒来将是多么的索然无味？如此一来，不但梦不是梦，从今往后，都不得不度过纵然是想做梦也做不了的夜晚，那又该何等寂寥？

横卧在石头卧榻之上，枕着陶制枕头，在貘舍度过数个夜晚之后，亲王渐渐感觉郁郁寡欢。即便是白天见到秋丸，也很少像以前那样开一开玩笑，或是发出爽朗的笑声了。秋丸泪眼婆娑，伤感地望着满面愁云的亲王。即使是做了梦，也不会留在记忆里，梦过以后转眼之间就忘掉了，这竟让人心如此愁闷，亲王自己也是束手无策。

做不了能够留在记忆里的梦，取而代之的是亲王会在睡眠最深的时候看见不可思议的幻影。白色的影子出现在头脑中漆黑一片的银幕上，这能否称之为梦尚存疑问，倒不如将其叫作梦的残骸更为贴切。不，更像是映照出的白色影子。这个黑白条纹相间的影子的真身好像就是貘。似乎将梦食尽的貘，为了能找到更多的梦，甚至钻进了亲王的脑袋。亲王一度感觉貘正在吸食自己的脑浆，"啊"的大叫一声从梦中惊醒。一想到自己的梦枯竭之后，貘们要吃脑浆了，亲王就觉得胆战心惊。

这样过去了十几天，就在发觉自己已是身心俱疲的时候，亲王罕见地做了一个梦。自从来到貘园，像样的梦就戛然而止了，确实是十几天不遇。然而，这并不是以往那样的快乐的梦，对亲王而言这可以说是第一个让他胸口憋闷的噩梦。

梦如下所述。

大概是在奈良的仙洞御所，也就是被称为萱之御所的父亲平城上皇的行宫，父亲好像生病了似的拥着被子躺在一间看上去像是寝宫的大房间里。旁边是药子在地上摆开大大小小的盘子和碗，正仔细地在石臼里研磨生药。生药有诃梨勒的皮、槟榔的仁、大黄、桂心、附子，等等。唯有旋转石臼时发出的沉闷声音在四周回响。亲王这时是个十岁左右的孩子，像是要偷窥不让看的东西似的，正从厢房向堂屋里面张望。

突然，父亲仿佛从噩梦中惊醒，坐起上半身，满口似在说胡话：

"刚才梦见先君了。早良亲王的魂魄，去柏原的陵墓谢罪了。但似乎依然对自己绝后之事耿耿于怀，不停地倾诉。"[1]

药子并没有停下转石臼的手，而是像哄孩子一般说道：

"没头没脑。是您太亢奋了，才会梦见如此不吉利的事情。您心地直率，因而沾染了恶灵。我给您配了药，您喝下去，多少会平复一些心情。"

药子将斟满的酒盅和配好的散药拿上前，不一会儿父亲似乎稍稍平静下，在那里出神，而后在药子的催促下，用颤抖的手端着酒和散药喝了下去。随后药子起身，拿着扇子跳起了舞。

1　此处的"先君"指平城天皇的父亲桓武天皇，其陵墓为位于京都市伏见区的柏原陵。桓武天皇曾册封同母弟早良亲王为皇太子，后以早良亲王暗杀藤原种继（桓武天皇心腹重臣）为由将其流放。早良亲王十分愤恨，在流放中绝食抗议而死。相传，早良亲王死后怨灵作祟，导致了安殿亲王（后之平城天皇）发病等事件。

推开

三轮殿的

神之门

久矣久矣

药子长袖翻飞，用纤细的嗓音歌唱着，舞蹈的一招一式都郑重其事。亲王从未看到过这样的药子。亲王了解的药子，是一个更加直爽，更加率真，任何时候都像亲王的同龄朋友，与亲王没有差别的女人。然而，现在她却面露孩童无法理解的、阴险的笑容。亲王心头一紧，躲在屏风的影子里，悄声叫着：

"父亲，父亲。"

可是父亲并没有听到，药子仍在若无其事地舞动着，父亲只是毫无生气地看着。药子唱着"久矣久矣"，声音本应是很欢快的，却沉重地落到了心底。

舞蹈片刻，药子又坐到了父亲面前，再次劝他喝酒吃药。父亲明显并不想喝，但看上去药子还是要哄着他，想要强迫他喝下去。再三劝说之后父亲依然没有碰酒盅，药子忽然焦躁地回过头。就在这一瞬间，躲在昏暗厢房一直注视着药子的亲王的视线意外地与药子的视线相交。也许是错觉吧，亲王感觉自己从药子的目光里看到一道凶残的光。亲王惊恐万状，像被火烫了似的，不由自主大叫起来：

"不要！不要！不要杀死父亲……"

这时药子回答的语气是那样冰冷，亲王至今回想起依然感觉寒彻心脾。那显然是一句别有用心、刻意搪塞亲王的话：

"唉？你说什么？杀死你父亲？你在说什么呀，亲王？"

梦到这里戛然而止，直到亲王汗流浃背地睁开眼睛，药子的声音依旧在耳边回荡，那浮现出阴险笑容的嘴唇仍旧历历在目。

两三天之后，饲养员敲响卧室门，通知说按照既定的计划，当天下午太守的女儿帕塔莉娅·帕塔塔公主将要到貘园里来，需做好万全的欢迎准备。

不久前貘园还有三头动物，而这时已经减少到了一头。可想而知，这必定是为了医治太守之女的疾病，将它们的肉烹调吃掉了。如若最后一头也被吃掉，那今后该怎么办呢？这种事与亲王无关，不过听饲养员说，为了补充新的动物，如今盘盘举国官民都在竭尽全力地在附近山林狩猎貘。

当第一眼看到身着美丽衣裳、在侍女们的环绕下出现在貘园的太守之女时，亲王不敢相信自己的眼睛。她虽然还是个不满十五岁的少女，但是五官酷似药子。而且，昨夜梦中见到的、从来意想不到会出现在药子身上的那种残忍之色，以一种更加强烈更为放大的形式，清晰地重现在这个少女身上。残忍之色。当然，这种表情并不是每时每刻都会显现在少女脸上，而是仿佛忽明忽暗的阳光，在姣美的容颜之下转瞬即逝，如同貘耸动背脊时，毛发像天鹅绒般时亮时暗。

也许是吃了貘肉的缘故，传闻的忧郁症已经痊愈了，从少女身上丝毫看不出患病的样子。

少女自己打开了栅栏门，轻车熟路、镇定自若地走进貘园之中。看起来，她绝非第一次来到这里。恰巧是运动时间，正在草坪上漫步的那唯一一头貘像是认出了少女，兴高采烈地跑上前去。它对少女很是亲近，看上去也不像是初次见面。少女用手抚摸着雄貘的毛发，雄貘逐渐表现出发情的征兆，它开始不时用后腿直立，或是在地上打滚，最后鼻子发出鸣叫，围着少女团团打转。少女回顾侍女们，说道：

"貘是一种嫉妒心很强的动物。要是不想被咬，就不要跟着我了。听见了吗？"

其实她不必多言，侍女们全在外面抓着围栏，目光紧紧追随着女主人和动物的一举一动。

亲王是在哪里端详着这一场景呢？可能是同侍女们一起，在围栏外面观看。也可能是和饲养员一起，在砖瓦貘舍的入口。总之是很不明确。就好像仍在梦中似的，在这一场景之中占据一席之地的亲王自己的身影若隐若现，模糊不清。然而，亲王发现，唯独犹如药子重生一般的少女的形象异常鲜明，动辄占据视野的中心。

亲王先入为主地认为吃貘肉的女孩，应该是油腻的、肥硕的，毫无疑问是一个丑八怪。然而，这一天，真正印刻在自己瞳仁之中的少女，却彻彻底底颠覆了这个成见。亲王几乎像是受到了魅惑一样，被貘园中与貘嬉戏的少女深深吸引，可以说只有眼睛还是好用的。

在四周侍女们好奇的注视下，围栏里的貘似乎渐渐达到了兴奋的极点，扑倒在草坪上打滚，露出圆滚滚的白色肚皮，四足蜷缩、闭着眼睛，像是在主动寻求少女的爱抚。只见它那男性的象征已经不知羞耻地伸长了，不停敲打着大腹便便的肚子。少女跪在地上，调笑一般，把那膨胀的东西轻轻握在手里，时而温柔地抵在自己的脸颊上，时而用自己浓密的长发将其包裹其中。很显然，她注意到了侍女们的目光，有意表演各种爱抚的动作。貘也是一样，在人们的注视下愈发兴奋。很快，少女发现动物发出了高昂的欢叫声，便立刻将手里握着的东西含入口中。这时，亲王看到她的眼睛依旧在笑，但那种残忍之色再一次浮现唇边，宛如闪过的一道暗淡的日光。

奇怪的是,亲王一边用炽热的目光凝视着这一场面,一边感觉自己仿佛变成了那头獏。感觉那头獏好像就是自己,正在接受少女的爱抚。其实,早在亲王还是七八岁大的孩子时,就曾被药子恶作剧一般把玩过自己两腿之间的小球,第一次体会到了肉体上的迷离,因而这两番情景可能是重叠在了一起,重叠在了眼前看到的少女和獏的景象之上。事实上,也是因为少女与药子在某些地方十分相像,或是因为獏以食用自己每晚做的梦为生,所以在不知不觉间自己与獏合而为一了。想来是獏吃掉了自己的梦,而少女又吃掉了这些獏的肉,通过獏这个媒介,少女和自己直接联系在了一起,也可以说是少女的生命依赖着自己的梦。甚至可以说,如果自己不做梦,那这个少女也将不复存在。

每当少女的脸颊收缩鼓胀,在口中自如地摆弄着动物的器官,獏的长鼻子里便发出笛子一样的声音,告诉人们它临近巅峰了。巅峰味同嚼蜡。与不知何时将尽的预备阶段相比,实在太无趣了。身体经过两三波痉挛之后,獏颓然松弛下来。似乎出乎它自己的预料,事后它看上去不好意思似的,只是呆呆地把脸扭向侍女们的方向。

不过,亲王并没有看见这个场景。在动物到达巅峰的同时,眼前的景象刹那之间荡然无存,亲王仿佛滚落到一个难以分辨梦境与现实的世界。

　　"亲王，请醒一醒。安展大人和圆觉大人带回了好消息。事情很顺利，山谷那边的盘盘国正准备迎接亲王。"

　　耳畔响起秋丸的话语，亲王这才睁开眼睛，露出一丝笑意：

　　"盘盘国啊。那不就是我刚才去过的地方嘛。"

蜜

人

盘盘国的太守是一位虔诚的佛教徒，得知亲王坚定不移、立志去往天竺的事情之后，大为感动，特意为一行人准备了船。这是一艘用轮轴操作的阿拉伯式帆船。亲王一行人在太守家臣的护送下，从曾见诸二世纪中叶托勒密《地理学指南》的马来半岛西岸的投拘利[1]古港口出发，驶向孟加拉湾。倘若一帆风顺，不用太多时日便可以到达孟加拉湾的恒河河口附近。那一带坐落着同样见于托勒密世界地图的一座名叫多摩梨帝[2]的古港口。五世纪初，法显在入天竺旅行的归途中，便是从这座港口搭乘商船。七世纪末的义净从苏门答腊乘船航至孟加拉湾，同样是顺利抵达多摩梨帝附近。为何偏偏亲王的

1　投拘利，古港口名。故址在今泰国南部马来半岛西部。或以为是今帕克强河口，或以为是今塔库巴或董里。为古时东西方海上交通的重要转运港。

2　多摩梨帝，古印度著名港口，水陆交通中心。即今印度西孟加拉邦南部的塔姆卢克。

船没能到达那里呢？

　　船舶航行，计划赶不上变化是家常便饭，亲王的船别说是到多摩梨帝了，完全漂泊到了莫名其妙的地方。也就是出港几天之后，安达曼岛的影子出现在左舷时，船遭遇了强烈的偏西风，众人惊慌失措，眼睁睁地看着船像是飞起来似的被吹向陆地，被推上了树木覆盖、不知何处的荒凉海岸，搁浅在了那里。樯橹尽毁，四处漏水的船行将沉没，能够搁浅在海岸上已经是不幸中的万幸。

　　"又到了个奇怪的地方。为什么不能像我们计划的那样。照这样下去我们只能在海上打转，可能永远也到不了天竺。唉，实乃无奈。"

　　话虽这样说，但亲王像是已经习以为常，表情没有丝毫气馁，反而神秘地笑了：

　　"那这里究竟是哪儿呢？看树长得那样茂盛，应该是一个多雨的地方。"

　　圆觉环视一周：

　　"在我看来，这里应该是骠国（缅甸）的某个地方。不过，据说骠国新近为北方的南诏国所灭，本地蛮族新建立了一个名叫蒲甘的国家，因此，称其为骠国或许不是很准确。"

　　一行人小心翼翼地走进密林之中，顿时眼前一片澄明的绿意，无数顶天立地的竹子，令人叹为观止。景色真是神奇。这是哪一种竹子？粗干的直径足有三十厘米，闪耀着鲜亮的青色光芒，刚强地垂直向上生长。它们成片地聚集在一起，目之所及皆为一片又一片的竹林。这片大得出奇的竹林，让日本嵯峨野[1]附近的竹林都显得那么微不足道。亲王感慨道：

"竟然有如此壮观的竹林。纵然是在南国，也不曾想到会有这么粗的竹子。圆觉，这也出乎你的意料吧。"

圆觉同样震惊得直眨眼睛：

"是的，正如亲王所言。不过据《华阳国志·南中志》[2]记载，云南有一种名叫濮竹的巨型竹子，它每节丈余，因此也并不是没有巨型竹子的先例。观此地之竹如此粗大，这里不出意外的话应该靠近云南。"

安展一边有一搭没一搭地听着亲王和圆觉的对话，一边让秋丸帮忙，默默地挖着竹笋。起初没有注意，不过仔细一看能够发现竹林里面有很多破土而出的小竹笋，露出了笋尖。因为在海上很久没能吃到新鲜的蔬菜，大伙儿都咽了一口口水，热切地注视着这些即将出

　　1　嵯峨野，日本京都市西北部、太秦以西至小仓山山麓的地区。因自古作为游猎行乐之地在诗歌中出现而十分有名。
　　2　《华阳国志》，又名《华阳国记》，东晋常璩撰写，记载上起远古下至东晋穆帝永和三年（347年）间巴蜀事，为研究我国西南地区古代地理、历史、经济、民族的珍贵资料。

土的竹笋。究竟能不能吃？剥去皮，至少里面柔软发白的部分看上去应该是可以食用的。

四个人的注意力都集中在挖竹笋上，这时，在他们背后隐约响起了"叮当叮当"的铃铛声，突然，一个形态怪异的男人现出身影。他赤身裸体，身体是人，而且也像人一样双腿站立，唯有头部是毛茸茸的狗头。竖着两只耳朵，微微转动着。鼻子上面也长着长须。这是人类吗？四个人目瞪口呆地看着，没想到那个男人先开口了：

"挖竹子的嫩芽，打算做什么？"

出乎意料，这个狗头人竟然操着一口流利的唐音。安展冷冰冰地回答道：

"挖竹笋当然是为了吃啊。纵然不是孟宗之母，但食竹笋也无妨吧。"[1]

而后男人忽然莫名地忍俊不禁：

"不只是栖息于竹林的熊猫，人类居然也喜欢吃竹子。哎呀，有趣。"

他笑得前仰后合，铃铛声又响了起来。他的身上似乎悬着铃铛。安展再次审视男人毛发浓密的下半身，便发现铃铛悬在大腿中间半遮半掩的男根上。他一笑，铃

1　这里引用了"孟宗哭竹"的典故。孝子孟宗幼年时，他母亲病重要吃竹笋，然而时值寒冬，没有竹笋，孟宗号啕大哭，上天为孟宗的孝心所感动，冒出许多竹笋，终使他母亲病愈康复。

铛就抖动着发出声响。

　　看着男人笑起来没完没了，脾气暴躁的安展渐渐火起，抢前一步来到男人面前，斥责道：

　　"笑笑就差不多得了。我问你，此处是什么地方？"

　　男人一愣：

　　"此处？"

　　"嗯。就是说这里属于哪个国家？难道是犬之国？快回答。"

　　男人表情严肃起来：

　　"你这么问就容易回答了。这里是面朝孟加拉湾，名叫阿拉干[1]的国家。阿拉干国是一个沿着海岸线延伸的狭长国家，后方横亘着一条南北方向的山脉。山脉的那一边是干戈不断的骠国和南诏国，但丝毫没有影响到这里。在五百多年以前，一位名叫旃陀罗的国王在这里建国，此后阿拉干可以说是世外桃源，既未归属过骠国，亦未归属过南诏国，保留了独特的历史。顺带提一句，阿拉干国历代国王的名字均以旃陀罗结尾。因为被后面的山峦阻隔，这个地方十分孤立，但反之因为面朝辽阔的大海，所以如今是东西方航线的中继点。经常有大食国（阿拉伯）和波斯国（伊朗）的商人来这里落脚。"

　　1　阿拉干国，故地在今缅甸西南部沿海地带，濒孟加拉湾。公元初年受印度文化影响。十世纪后，自称为佛教国家。

"那这里有什么外国商人中意的特产？"

"不，阿拉干本身并没有特别的产物，但翻过后方的山脉，沿着伊洛瓦底河逆流而上，最后将到达可谓是崇山峻岭中别有洞天的云南地区。据说云南地区的特产就是沿着这条自古以来寻求贸易的商人们赶着牛马踩出来的山间道，运到了阿拉干的海边。"

"那么，云南地区的特产是什么？"

"首先是麝香，此外香料当中还有青木香，也有翡翠，还出产琥珀，无不是让寻求珍宝的外国商人垂涎三尺的物产。不过，对于我们阿拉干人而言，不论满载着云南珍宝的船舶去向何方，充其量是从眼前路过，跟我们自己没有任何的关联。"

这时，男人又叮叮当当地摇晃着铃铛，抖着肩膀放声大笑。看着看着，安展按捺不住好奇心，指着那个叮当作响的铃铛问道：

"问一个题外话，你为什么在腿中间挂一个铃铛？你刚才讥笑我们吃竹笋很奇怪，真是可笑，你这个样子难道不是更奇怪吗？"

听到安展的指责，狗头人忽然浮现出一副悲伤的神情，看着自己两腿中间说道：

"这个呀？这是阿拉干国家法律规定的，我们不能擅作主张。很不幸，所有天生狗头的男人必须终生在这里挂着铃铛。"

"这又是为什么？"

男人像是快要背过气似的：

"这也有内情。简单来说，大概是在距今百年之前，还是名字以旃陀罗这个词结尾的某一代阿拉干王统治时期，当时好色淫靡之风盛行，频频发生女人与狗媾合之事。甚至在贵族女性之间，这已经演变为一种高级的消遣。而后结果就是，不断有狗头男降生。狗头人大概占阿拉干国总人口的五分之一。某一代对这种淫风甚为忧虑，为了让这些可耻的狗头人的数量不再增长，首先想到是要把女性的交往对象，即全国的狗统统杀光。然而即便是把狗杀光了，只要有狗头人，难保不再生出第二代第三代狗头人。而且，这种可能性非常大。因此要给他们戴上一种贞操带，消灭他们的生殖能力，就是这铃铛。此后，根据法律规定，狗头男必须一直在男根前端悬挂铃铛，到死都不能接触女性，自然也不可能生出孩子。如此，国王的意图实现了，然而抽到了下下签的却是我们无辜的狗头人。母亲们犯下的淫乱罪过，为什么要让我们这些孩子来偿还呢？"

"原来如此，你说的有道理啊。"

"这种伤风败俗之事当然是想要尽可能地隐瞒，但无法如愿以偿，终归是要人尽皆知的。像阿拉干国是狗头人之国这种令人作呕的风评，迟早是要传遍世界，这几乎是板上钉钉的事，我们无能为力。"

"不过，未来的事说不准吧，也不必如此悲观。"安展安慰道。

然而狗头人的目光却像是瞭望远方：

"不，未来很清楚。不是夸口，狗头人有着特殊的能力，未来仿佛就在眼前。我能看到四百年以后的世界，那时将会有欧洲的旅行家马可·波罗、鄂多立克、卡尔平尼、海顿，阿拉伯的伊本·白图泰先后骑马或行舟经过这个阿拉干国，回国以后，想必会将道听途说的有关狗头人的传说四处散布。更有甚者，同一时代英国的曼德维尔这个来路不明的男人，明明没有走出欧洲一步，却肆意散播关于狗头人的谣言，而他该是从没见过狗头人，实在是让人无言以对。最后，有些家伙甚至会把地方都搞错了，把阿拉干国写成了安达曼岛或是尼科巴岛。唉，他们不负责任的样子一目了然。"

安展对狗头人的滔滔不绝十分震惊：

"把这些四百年以后的梦话说给我们听，这些对于我们来说也是云山雾罩，没有任何现实意义。你的脑子是不是不大好？"

圆觉也附和道：

"这就叫作时空错乱。这就好比美洲的原住民看见哥伦布的船来了，叫嚷着，呀，是哥伦布，我们被发现了。我们已经听腻了。和这种人耗下去没个头，走吧。"

受够了狗头人的长篇大论，四人匆匆告辞离去，背后传来狗头人空洞的笑声，犹如狗的远吠，凄怆绵长。在笑声中间，还不时能听到叮当叮当的铃铛声。

既然历代君王都叫作旃陀罗，那么很可能古时就有婆罗门来到过这个国家，于是众人满心希望这里也是佛法盛行之地，然而始料未及，情况却非如此。在这里，根本别指望国王会像盘盘国那样派船将一行人送去天竺。亲王和安展、圆觉商量一番，认为搭乘大食国的商船是为上策。

阿拉干国的海岸线向东西方向延伸得很远，却没有建一个像样的港口，只有容船靠泊的浅滩。往来商人也都是难以信赖的不三不四之徒。不过，要去往天竺，就不能挑三拣四了。这一天，亲王一行来到浅滩，与一个大概可以合作的大船船主会面。船主是一个胖墩墩的阿拉伯人，名叫哈桑。亲王自报家门，说自己来自日本，哈桑表露出了好奇之色：

"你是瓦库瓦库人啊。"

亲王没听懂：

"咦，瓦库瓦库是什么意思？"

哈桑笑了：

　　"没什么，就像唐人把你们国家叫作倭国一样，在我们国家，日本就被叫作瓦库瓦库。不要介意。那么你们说有事相求，是什么事？"

　　亲王便把想搭船去天竺的希望如实相告，哈桑沉默片刻，露出了狡黠的笑容：

　　"让你们搭船是小事一桩，但根据不成文的规定，搭船必须要出一定的礼金。不过，看起来你们也是囊中羞涩。那么商量商量，你们给我的生意搭把手怎么样？如果肯帮忙，不管是天竺还是什么地方，我都很乐意捎你们过去。"

　　"所谓生意是？"

　　"实际上，我们之所以停靠阿拉干，是为了来找蜜人。"

　　"蜜人？从没听说过什么蜜人。"

　　哈桑压低声音：

　　"没听说过也是正常。那种东西又不会在世面上买卖。简单来说，蜜人就是晒干的人的尸体。过去有些婆罗门发愿要舍身以普度众生，他们在山上的石窟绝食，只靠吃蜜活着。这样大概经过一个月，他们的大便小便就统统变成了蜜。即便是死了尸体也不会腐烂，反而会散发出浓郁的香气。这种东西就叫作蜜人。"

　　听着阿拉伯人的介绍，亲王倏忽间想到了在高野山石窟里入定的老师空海高僧，不由得脱口而出：

"就和空海高僧一样。"

哈桑听到一愣：

"啊，你说什么？"

"没什么，跟你没关系。非常抱歉打断了你，请继续。"

哈桑又说起来：

"说到我们为什么要来找这个蜜人，就是因为它是稀世的药材。不论身体遭受多么严重的伤害，只要服用这个蜜人的少量碎屑，就能够奇迹般立刻痊愈。如果能够将如此名贵的药材带给哈里发所在的巴格达宫廷，毫无疑问会大赚一笔。不过，寻找这个蜜人的过程极为艰辛，如若没有非同一般的信念是难以成功的。"

这时安展插话说：

"你说要去寻找，那究竟这个蜜人在何处？"

"你们应该也知道，阿拉干国的后面横亘着山脉。夏季风从孟加拉湾迎面吹来，山脉这一侧雨水极多，土地湿润，然而一旦翻越山脉到达对面，景致截然不同，那是一片辽阔干燥的土地。在寸草不生的荒漠里，散落着大量的蜜人。"

这次是圆觉半信半疑地插话道：

"你刚才说婆罗门在山上的石窟入寂，然后变成芳

香的蜜人。假如蜜人横尸在荒漠之上，那不过就是些路
人病患的尸体吗？"

阿拉伯人的神情显然十分不快：

"那跟我们没有关系。我们的买卖就是把蜜人弄到
手，用不着逐一考证蜜人究竟是什么来头。婆罗门也好，
路人病患也罢，不是我该管的。"

这时，考虑到不能让哈桑不高兴，亲王不动声色地
转移了话题：

"照你所说，去山另一边的荒漠寻找蜜人有很大的
困难，为什么这么说呢？"

哈桑神情一变：

"嗯，问题就在这里。因为荒漠烈日炎炎，风又极
为猛烈，人根本无法行走。要去那里，必须用蓑衣将全
身上下遮挡起来，防止砂砾吹到手脚和脸上，然后驾驶
一艘装有六尺风帆的带轮独木舟，一边借助风力，一边
用双脚快速蹬轮。即便如此，这个工作也需要消耗大量
的体力。等到达荒漠中央，就能够看到遍地散落、黑乎
乎的蜜人了。怎么收集这些蜜人呢？这有一个秘诀。那
就是用事先准备好的耙子似的东西钩住蜜人，然后直接
在荒漠上拖走。绝对不能离开独木舟。一旦离开，在炎
炎热浪之下人会头晕目眩，再也回不到独木舟上了。"

"也就是说，如果在寻找蜜人的时候失败了，那么

自己也就会变成蜜人吧？"

听到亲王的话，阿拉伯人瞪大眼睛，使劲儿点了点头：

"没错没错，就是这样。看来你也知道荒漠上为什么会有这么多横七竖八的蜜人了。不过，寻找蜜人的难点并不限于此，其实还有比这更麻烦的事情。"

"怎讲？"

这时哈桑将亲王、安展、圆觉、秋丸四人扫视一遍，目光在每个人脸上都停留许久，然后徐徐开口道：

"你们应该知道海市蜃楼这种现象吧。它会在海上出现，而有时候也会出现在热浪席卷的荒漠。是什么气象原因造成的我不是很清楚，不过在那座山对面的荒漠上，确实会经常出现类似的现象，一旦热气在荒漠上沉积，散布在那里的也可以称之为人类遗骸的丑陋蜜人，居然都会化作美女的模样。如果只是这样也不算什么，在搜寻蜜人的过程中，男人们都在拼命地用双脚蹬着独木舟上的车轮。或许是持续这一动作的缘故，不知不觉之中一种奇妙的感觉在腰间高涨起来，如此则万事休矣，工作肯定无法完成。为什么这样会影响工作的完成呢？这是因为男人用耙子钩蜜人的时候，在耙子尖出现的是美女的幻影。即将发射的高涨情感又如何受得了这个，男人当即就会射精。再靠近另一个蜜人，结果也是美女。于是又再次射精。因为面前的美女幻影无穷无尽，所以独木舟在荒漠上疾驰得越远，男人越是无穷无尽地射精，最终筋疲力尽。所以，根本无法收集蜜人。"

　　听到如此出人意料的一番话，四人都说不出话来，只是张口结舌地看着阿拉伯人的脸。然而哈桑自己却若无其事：

　　"这次在阿拉干期间，我也曾派三个年轻人去山那边的荒漠寻找蜜人，可是果不其然，三个人一个不落，轻而易举地被那些荒漠里的怪物迷惑了，没能带回一个蜜人。其中一个人不知道是遇到了什么麻烦，甚至都没能从荒漠回来，最后下落不明。其余两人也是好不容易才回来，同样失魂落魄，如今也和半个病人差不多了。"

　　"真是太可怜了。"

　　"可怜是可怜，然而没办法。他们可是为了蜜人，专门乘船从阿拉伯跟我来到这里的家伙们啊。然而现如今在我的船上，给我做搜寻蜜人工作的男人们一个也不剩了。我觉得无论如何不能毫无成果、两手空空地回国，那就太遗憾了啊。"

　　这么说着，哈桑用一种意味深长的眼神环顾四个人的脸。片刻之后，安展说道：

　　"你想说的是，让我们四个人帮你做搜集蜜人的工作吧。这就是你的交换条件吧。"

　　"是的，正是如此。"

安展愤然说道：

"那么我们拒绝。我们已经皈依佛门，怎么能做这种唯利是图的勾当。实在荒唐！"

这时亲王冷静地制止了安展：

"等等，安展。不要如此鲁莽。我们暂且告辞，四个人仔细商议之后再决定也不迟。"

告诉阿拉伯人要稍作考虑之后，四个人结束了这第一次会面，仓促离开，将浅滩撇在身后。阿拉伯人冷笑着，在船上望着渐行渐远的四个人。

一离开阿拉伯人，安展立马咄咄逼人地冲着亲王去了：

"亲王，可不能开玩笑。您难道想接受那种业障深重的大食人提供的肮脏下贱的工作吗？虽说眼下当务之急是要前往天竺，但怎能考虑如此不符合佛门弟子身份，卑劣且俗不可耐的工作？"

圆觉也是同样口吻：

"安展说得对。而且那个男的声称蜜人生前是婆罗门，但不论怎么看，那都不过是倒毙路旁的干尸罢了。能不能入药，还非常值得怀疑。亲王，您可要留心啊。"

就连一直默不作声的秋丸，也在这个节骨眼开口了：

"亲王，请不要做危险的工作。到时候不要说去天竺了，落得个鸡飞蛋打的话可就亏了。"

听三个人把能说的都说了，亲王这才开口：

"没有想象的那么难。我听那个男人讲到关于蜜人
的事，忽然想起了我的老师空海高僧。他在高野山入定
之际，虽然不是只吃蜂蜜，但也自觉不吃粮食，专心坐
禅。这么说来高僧也化作一种蜜人了啊。"

"可是，那个大食人所谓的蜜人，生前都是些来历
不明的可疑家伙。"

"这并没有什么，死后一切皆成。我反而想要亲眼
看看，去那个男人所说的山那一边的荒漠，看一看散布
在那里的枯干蜜人，修炼一下不净观[1]。"

"啊？不净观吗？"

"嗯。我也多少有些修行，断不会被海市蜃楼迷惑
双眼，误以为蜜人是美女，这点信心我还是有的。我倒
觉得越是观看蜜人，越能够领悟它的不净。绝对没有担
心的必要。我一个人去山的那边，你们放心等候即可。
我一定要看一看蜜人究竟是什么东西。"

话说到这般地步，三个人无话可说，只能任由亲王
心血来潮。

阿拉伯人本以为安展或圆觉当中的一位会去搜寻蜜
人，当听说是年龄最大的亲王要去，露出了惊讶的神色，
不过并没有说什么。

1　不净观，佛教名词，在禅定中观想自身和他身的污秽不净，以断贪心。

　　悬挂着六尺风帆的独木舟长九尺有余，两侧各有一个木轮，人在上面要用脚蹬，就像蹬自行车一样。因为这里和沙漠不一样，地面很坚硬，因此车子不会陷入沙子。风起帆动，便可以像小艇一样在地面上滑行。不知是谁的发明，这是最适合在这个地方的荒漠上行进的交通工具。

　　荒漠像波浪一样起起伏伏，忽高忽低，放眼望去，没有尽头，而且寸草不生。犹如一片无边无际、波涛汹涌的褐色海洋，在被狂风吹刮后凝固了一般，给人一种毛骨悚然的感觉。沉闷的空气被加热了，在荒漠刺目的闪光表面上，浮动着无数小股的热浪。低垂憋闷的空气分为几层，物体看上去也都有两三层的叠影。果然如阿拉伯人所说，即便是乘坐独木舟，要突破这片炎热的荒漠也要有充足的心理准备。

　　为了挡住风刮来的沙粒，亲王用细竹条编织而成的帷子裹住全身，毅然决然地跳上独木舟。时值正午。风势很好，稍稍用脚一蹬，独木舟便在荒漠上风驰电掣地行驶起来。因为太轻松，亲王反倒觉得有些扫兴。风从耳畔呼啸而过，独木舟一边左右摇摆一边飞速前行。最开始的时候，这种令人快慰的速度给亲王一种醉醺醺的感觉，什么也不用想，任由身体随舟运动。然而，很快他便意识到，这样是不是太放松了？这样下去不知将会放纵到何种地步，必须要提高警惕。可奇怪的是，越是这么想，亲王越觉得心情放松，他不由得愈发不安。

　　掐着素不离身的念珠，亲王面向南方，唱了三遍南无遍照金刚，随后郁结在胸口的不安便烟消云散，一直在荒漠上飞驰的独木舟忽而船头向半空扬起，就这样离开了地面，开始像飞一般在空中行驶。帆鼓满了风，独木舟一边前进一边微微上下颠簸。向下看去，能看见荒漠上有星星点点黑色的东西。那一定就是蜜人。亲王聚精会神，从上空凝望着那些黑东西。

　　阿拉伯人曾说蜜人看上去是美女，但似乎完全不像。荒漠上散落的这些，皆是人类的尸体，都是难以言状丑陋不堪的东西。脑袋是人而身体是野兽的、没有脑袋只有身体的、身体只剩一半的、一身双头的、一身三头的、有头无面的、有面无头的、三只眼的、没有手的、三条腿的、全身化为枯骨的、周身长毛的、腹部开洞的、屁股上长尾巴的、嘴唇长而及地的、左右耳朵比脸还大的、眼睛掉出一尺的，尽是些支离破碎的尸体。

　　亲王从飞翔于空中的独木舟上俯瞰地面，深深地领悟到人类的不净。来看蜜人是对的，幸亏看了蜜人，自己才得以更深层次地进入化境。这么一想，亲王甚至觉得还要感谢那个装疯卖傻的大食人，他更加用力地蹬着独木舟，只觉神清气爽。

　　独木舟已经远远地越过了阿拉干国的国界，沿着俯视可见的伊洛瓦底河上游不断逆流北上。不知过了几个小时，极目远眺，横亘在层云那一边的，便是颇负盛名的云南群山。不知为什么，亲王有一种即将回到久违的故里的感觉，心中阵阵兴奋。不过，这条不起眼的小独木舟，能飞到那些云朵的尽头吗？但真正行动起来却比想象得容易，亲王用脚蹬踏着独木舟上的车轮，轻而易举地飞越了高耸的山峦，一路向东北方向翱翔。

很快越过了禄卑江[1]，越过了怒江，越过了澜沧江，在层峦叠嶂之间，亲王看到了一个像小镜子一样闪着光的湖泊。那是位于大理盆地中心的洱海（西洱河）。将洱海挟于中间，近在眼前的便是苍山，再向前，便能看到山顶上无数岩石突兀林立的鸡足山[2]。亲王心说，啊，终于到达云南了。正午才出发，此时太阳尚未落山，火红的余晖将周围的山峰染成了紫色。亲王从上空眺望着这一切。

这种时候，亲王必然是困倦了。或许是因为此前绷紧的神经终于放松下来，松了一口气吧。恰好风满船帆，独木舟不断自行向前，即便亲王不用脚蹬车轮，也不会有突然坠地之虞。翻身躺在形状像豆荚一样的独木舟里，亲王闭上了眼睛。一闭上眼，随即做了一个梦。不

1　禄卑江，在今云南通海县西。
2　鸡足山，又名鸡立山，在今云南宾川县西北部。因状似鸡足而得名，为佛教名山。

用说，这是亲王的一项拿手本领。

在梦里，亲王还是三十五六岁的年纪，不知是怎么回事，独自一人爬到了高高的杉树顶上。为什么要爬到这么高的地方？他自己也没有想明白。这时日薄西山，亲王愈发觉得寂寞难耐，于是便爬下树。下面有很多正在建造的堂塔房舍，他总觉得这里像是高野山。空海高僧在这里创建了金刚峰寺，并在最近移居于此。亲王觉得应该和高僧寒暄一下，于是向唯一一个亮着灯的佛堂走去。

亲王向堂内张望，高僧似乎正在修法。堂内点着亮堂堂的佛灯，燃着护摩[1]，佛坛上供奉着孔雀明王的塑像、羯磨杵、孔雀尾等物，高僧就在佛坛前观法定坐，不停地唱诵陀罗尼。这时，他忽然回过头来：

"这是这是，亲王禅师，来得好啊。"

只见那张脸已然不是活人的脸，仿佛是敷了金粉、镶嵌玉眼的木像，僵硬而毫无表情。啊，高僧已知死期、禁绝粮食、每日服用丹药的后果，就是容颜最终变成了这样。亲王目不忍视，把脸别到一旁。然而高僧却没有丝毫悲伤，反而用一种像是跟亲王开玩笑的口吻说道：

"亲王禅师，又爬杉树了。您看到了什么？"

---

1 护摩，火供，即于火中投入供物作为供养的一种祭法。

亲王也附和着笑道：

"什么也瞒不了高僧，见笑了。不过，什么也没有看，不知怎么，我天生喜欢高的地方。"

"既喜欢高的地方，也喜欢远的地方。您之所以爬到杉树顶，一定是因为您觉得从那里能够望见天竺。"

虽然本来没有这个想法，不过听空海高僧一说，亲王感觉这样理解也未尝不可。

"原来如此，很可能啊。"

"您这样的人，我未曾见过。愚以为，您的志向当在远方的远方，海外秘境。年轻时我虽然到过唐土，但却未能到达更远的天竺。您计划去往天竺吗？"

"啊，那是将来的事。"

"不，一定没错。不是夸口，以我之洞察，您将获得意想不到的幸运，尽管未至天竺，但必将游历南海诸国。倘若我不是身体病弱至此，时日无多，我衷心希望将来能够与您同赴天竺之旅啊。"

"非常感谢。"

"原想将这座高野山托付给您，但我打消了这个念头。决心已定。在我看来，与居于狭小的日本相比，您的志向要远大得多。高野山是可以托付给您，但如若您随即飞去天竺或其他地方，善后事宜就非常棘手了。是这样吧，亲王禅师？"

　　高僧像是在笑，然而脸却像一副闪着光的金属面具，根本看不出所谓人类的表情。

　　这时，亲王感觉高僧身后佛坛之上，那尊驮着孔雀明王的三尺左右的孔雀塑像，一瞬之间，那长着蛇纹的长脖子似乎抽动了一下，左右张开的翅膀扑棱扑棱地扇动起来，亲王不敢相信自己的眼睛。然而定睛一看，这只傲慢的鸟的面容竟是女人，更准确地说看上去酷似藤原药子，亲王大吃一惊。死去的药子似乎与鸟有着不解之缘，迄今为止，已经数次变成鸟的形态在亲王梦中出现。难道药子死后化身为孔雀，巧妙地潜入严厉禁止女人进入的高野山寺院区域，假扮成明王的坐骑了吗？究竟，空海高僧知不知道这件事？

　　似乎是发现了亲王直勾勾的目光，孔雀再次侧过头去，开始低声发出"诃诃诃诃诃……"的叫声。

　　高僧也注意到了，回过头去，向佛坛上的孔雀招手。孔雀用长有趾的脚一步一步，慢慢从佛坛上走过来。与此同时，此前驮着的孔雀明王的身影倏忽间不见了踪影。不，与其说是消失不见，不如说是亲王自己取而代之，"扑通"一声坐在了鸟背上。不知不觉，在梦中亲王与孔雀明王逐渐合一，亲王取代了明王的地位。这种转换，唯有在梦中才能实现。

　　"再会了，亲王禅师。虽不能在天竺，但今后我们还会在某地重逢的。请您相信我。"

在高僧的送别声中，孔雀随即振翼高飞，背后驮着亲王，轻快地在高野山上空飞舞。

从空中远眺，能看到在黑压压的山林边上的内佛堂[1]中有一座五轮塔模样的建筑。内佛堂？明明高僧还健在，明明刚刚与高僧分别，怎么就有了内佛堂，实在是不可思议。也就是说显然亲王在梦中混淆了时间。这么说，亲王想起来了，在三十余年以前，在为入定的空海高僧举行七七忌之后，他曾陪伴遗体，不避劳苦，走了一段长长的路程，直到内佛堂。回想着这件事，亲王继续聚精会神地向下看去。

在去往内佛堂的路上，亲王看到装着遗体的灵柩，还有大批人像蚂蚁一样排着队跟随灵柩。队伍寂静无声地走着。六位僧人恭恭敬敬地抬着灵柩，他们都是空海高僧的高徒。亲王从高空逐个认出了六人的相貌。那是实惠。那是真然。那是真绍。那是真雅。那是真济。而最后一个人，正是亲王自己。亲王"啊"的一声叫出来。这是亲王第一次在梦中看见自己的脸，尽管是从空中瞭望。

亲王叫出"啊"的一声，孔雀像是回应一般，一边飞一边发出"诃诃诃诃诃……"的鸣叫。在刺耳的叫声

---

1 内佛堂，设在正殿后面的山上或岩洞中，祭祀神佛的殿堂。

中，亲王终于睁开了眼睛。虽然感觉像是坐在鸟背上飞行，其实亲王乘坐的依然是那条奇妙的飞舟。

洱海的形状像人的耳朵，曾被称作昆明池，基本位于大理盆地的中心，向西面朝高耸的苍山。过去居住在这一带的部落被称作西洱河诸蛮，或被叫作昆明夷，当然，这是以秀丽群山之间这片大湖泊的名字命名的。昆明夷在后汉时期被称为哀牢夷，而后到了唐代被称作白蛮。八世纪形成的国家南诏，就是以在这个大理盆地定居的农耕民族白蛮为核心，进而与山间的游牧民族乌蛮合并建立的。不过，南诏的王室是乌蛮系的蒙氏，因此称其为以乌蛮为核心或许更为准确。白蛮和乌蛮。罗罗族可以看作是乌蛮的代表，但乌蛮并不仅限于罗罗族，而应该是包括麽些族和傈僳族在内的西藏－缅甸语系的少数民族总称。

前文讲到阿拉干国王的名字全都包含㮶陀罗这个称呼，而离奇的是南诏国历代君王的名字是接龙。此为乌蛮的习俗。试着查阅了前八位国王的名字，细奴逻、逻盛、盛逻皮、皮逻阁、阁罗凤、凤迦异、异牟寻、寻阁劝、劝龙盛。凤迦异在即位之前就死了，因此异牟寻是为第六代。

降低高度，飞过耳朵形状的洱海，亲王的独木舟接着又轻巧地越过了苍山，在洱海对面耸立的鸡足山顶着陆了。鸡足山三条山脉向前，一条山脉向后，宛若鸡爪的形状，因此得名。此时黑夜已尽，神清气爽的早晨到来了。

亲王在这座山的峰顶降落，并没有什么特别的目的，只是方才的梦尚有余韵，他觉得说不定能在这座山上与空海高僧相见，仿佛有这样一种朦胧的预感镌刻在胸。虽然这预感毫无来由，但恰恰是这样的预感更加值得信赖。

在狂风骤雨的侵蚀下，耸立的鸡足山犹如一座由成堆的奇岩怪石构成的塔，这种极尽险峻的山势是在日本无法想象的。朝雾围绕群峰缓缓流动，循着绝壁之间的道路而上，亲王将清晨的空气吸了个满怀。向前行，能够看到岩壁上许多醒目的女阴石刻，说明自古这里就常有行人。如同在真腊国看到林伽毫无感触一样，在这里看到女阴石刻，亲王依旧是无动于衷。

正如明代旅行家徐霞客所写"鸡山一顶而已萃天下之观"[1]，这座山的景观的确有着千变万化之趣味，不过眼下，亲王对这些事情毫无兴趣，眼里没有任何景色。他像是在寻找着什么，径自移动着脚步。是在追求着什么，还是在寻找着什么，他自己也不是很清楚。

---

1 徐霞客《鸡山志略》原文为："若鸡山则异于是，分言之，即一顶而已萃天下之四观，合言之，虽十景犹拘郡邑之成数也。"

仔细一想，感觉自己的一生似乎始终是在步履匆匆地追寻着什么。行至何处方是尽头？寻到何物才能获得最终的满足？想归这么想，但其实一开始他就已知道了自己追求、寻找的所有东西。他感觉自己不论见到什么，似乎都不足为奇。啊，果真如此吗？他预感到似乎一切都被尽收于这一言之中。

行走在令人头晕目眩的悬崖峭壁，穿过无数个石头门洞，翻过山顶绕到山后，那里有一个在岩石上开凿出来的石窟。应该很有些年代了。石窟上安装的木门都已经腐朽了。亲王毫不迟疑地用力推开门，眼前顿时被一团雾气包围，犹如黑夜一般，伸手不见五指。

亲王茫茫然地等待尘埃落定。很快一阵风吹来，雾气消散，石窟深处，一个在岩壁上凿出来的，凹陷进去的壁龛里，隐隐约约浮现出一个人形物体。这个人形结跏趺坐，结大日如来定印。涂了漆，镶嵌了玉眼，已经不是活生生的人，然而外表却酷似亲王梦见的空海高僧。不，这正是和梦中高僧的重逢。而且，那个梦虽然刚刚结束，却似乎是一段很久之前的梦境，仿佛正在渺远的时空飘荡。

"高僧，终于又见面了。您说的没错。不会再有比这更快乐的事了。"

说着，亲王在石窟蜜人的面前深深地垂下头，用袖子拭去了奔涌而出的泪水。

镜

湖

如若是比较迄今为止亲王周游过的南方诸国，那么被云南的崇山峻岭包围的南诏国在各个方面都明显与众不同。首先是气候不同。正如曾经因触及嘉靖帝忌讳而被贬谪云南的明代杨升庵[1]所吟咏的那样，"花枝不断四时春"，这里不冷不热，环境温暖，单凭这一点就比其他国家要宜居。再者，云南虽然自古经滇缅通道与印度方面进行贸易，但在文化上却更多地受到中原的影响，因此南诏国的官制、佛教等完全是模仿中原。佛教寺院也是中原风。这一点也同隶属于印度文化圈的真腊、扶南、盘盘等国大相径庭。从第四代的皮逻阁被唐玄宗册封为云南王以来，历代南诏国

---

[1]　杨升庵，即杨慎，字用修，号升庵，晚年号博南山人，四川新都县人。"举正德六年殿试第一，授翰林修撰。"在议"大礼"案中被逮下诏狱，两受廷杖，嘉靖三年（1524年）谪戍云南永昌卫（今保山县）。杨慎被放逐云南三十多年，经常到各地讲学著书实地考察，切磋问难研讨学术，留连胜迹编纂史志。

国王不再掩饰对中原的向往，时而从北方的成都抢掠汉族财物，绑架官员，甚至还明目张胆地要求大唐把公主嫁入当地。对于南诏国的贵族子弟而言，最大的愿望就是去往成都留学。

《新唐书·南蛮传》记载，第十代国王王丰佑"慕中国，不肯连父名"，于是从第一代持续到第十代的古乌蛮的父子连名习俗，截止于第十一代王世隆。所谓父子连名，就是用父亲名字的尾字作为儿子名字的首字，换言之就是用接龙的方式命名。或许对于仰慕中原的国王而言，这成了一种幼稚可笑、令人羞愧的陋习。

亲王在鸡足山顶的石窟里拜谒蜜人之后，心满意足地下山。自从旅行以来，始终是同安展、圆觉、秋丸三人一起行动，这还是他第一次独自一人行走在未知的国度。按理说，此刻的心情应该是忐忑不安，然则亲王丝毫没有这种感觉。下山途中，山间峡谷，绿意盎然，繁花迎春，映入眼帘，他不由得步履轻快，仿佛年轻了一般。这风景在烈日炎炎的南国是万万看不到的。亲王恍惚间产生了一种回到了日本的错觉。

虽然只是一种朦胧的感觉，但亲王走着，却感到以往的自己好像是被忘在了哪里，又像是遗落了自己的某一部分，有一种奇妙的惴惴之感，就仿佛带着三名随从的本来的自己被留在了阿拉干国，而另一个自己独自乘着飞舟来到了南诏国。他感觉自己轻飘飘的。不知是云南这片土地的问题，还是自己的问题。不过从另一方面来看，这样犹如摆脱了自我这个桎梏，徜徉在新的自由天地，心情不可谓不爽朗。亲王乐观地想，那就享受这畅快的心情吧。

接近山麓，有一个隐藏在岩石阴影中的洞穴，亲王的目光停留在洞口地上某种色彩斑斓的鸟的尸骸上。走到近前，发现那并非整只鸟的尸骸，只有鸟的翅膀部分。左右一对羽翼，大小甚至足够人披在身上，闪耀着暗青色的光泽。亲王忽然想起，曾经在真腊国后宫见到过长着色彩各异的鸟的下半身的女人们。然而这既非鸟类也非女人，只是一对缺少躯干的翅膀而已。亲王想要捡起来，伸手一碰，竟出乎意料地发现那是湿淋淋的。

这时，亲王感觉身后有动静，回头向洞穴方向看去，只见一个像是刚从洞穴里走出来的孩子站在那里。亲王刚一扭过头，孩子立马转身跑进洞里。亲王在一瞬间用余光确定那是一个半裸孩子的身影。从长头发能看出那应该是个女孩子，年龄可能在十五岁上下。天空中阳光灿烂，四周万籁俱寂，这一切犹如刹那间的一个白日梦。

亲王动了好奇心，躲在岩石阴影里的一棵大树后面，等着孩子再次出来。一定还会出来的，因为这孩子多半是来拿那对鸟翅膀的。正这么想着，果然，女孩子一边警惕地观察周围，一边一点点从洞穴入口探出头来，而后突然奔向鸟的翅膀，双手抱着，拔腿逃回洞里。

看到这一幕，亲王大致推理出这么一个结论：那就是鸟的翅膀湿透了，女孩子为了把它弄干，放在外面地上风吹日晒。可是，她又担心就那么放在外面说不定会被什么人拿走，于是又把它收了回去。女孩一定是担心翅膀被亲王拿走，在洞穴里坐立不安，不一会儿再次从洞里向外张望，发现翅膀依然安然无恙地放在那儿，这才松了一口气。可见这对鸟的翅膀对于女孩而言非常重要。

亲王站在岩石阴影里，凝视张着黑洞洞的嘴、深不可测的洞穴，考虑是否应该踏入其中。片刻之后他下定决心，向着昏暗的入口小心翼翼地迈出了一步。

方才前进了十步，背后的阳光便照不进洞穴了，接着就是伸手不见五指的黑暗。亲王用手摸索着岩壁前行，潮湿的道路起起伏伏，忽左忽右，不辨方向，一直通向连外界的声音都几乎听不到的地下深处。亲王经过几个像是阶梯平台的地方，正感到自己进入了更深的地方之

时，忽然看到黑暗尽头星星点点的光亮，吃了一惊。他
蹑手蹑脚地不发出声音，一步一步向着那光点走去。岩
壁最后是一个仅容一人弓身通过的洞，那束光似乎就是
从洞穴另一面照射过来的。

　　亲王凑近这个洞口向对面张望，那光点是篝火的火
焰。洞口另一侧是一座非常宏伟的石屋，正中央是熊熊
燃烧的篝火，身披鸟翅的女孩背倚着石屋深处的墙壁坐
着，看样子是在用火和体温，将鸟翅膀吸收的湿气烘干。
女孩不时抬起双手，摇晃沉重的翅膀，跳跃着的巨大影
子映在石屋的墙壁上，像一只正在飞舞的蝙蝠。

　　正在亲王聚精会神张望的时候，火焰清晰地照出了
此前没能看清楚的女孩的脸。与此同时，亲王不由得瞠
目结舌，失口叫了出来：

　　"这不是秋丸吗？你，你怎么在这儿？"

　　的确，女孩越看越像秋丸。亲王甚至看了又看，
这会不会就是秋丸本人。不，如果这不是秋丸，那反
而让人难以相信。亲王像是在梦中一般，毫不迟疑地
想要蜷缩身子从洞口钻过去，靠近女孩所在的地方。
然而他随即发现自己做不到。除非是肩腰纤细的少女，
否则很难从如此狭窄的洞口自由通行。以亲王男性的
肩膀，根本就过不去。

　　亲王猛地从岩壁的洞里探进头来，女孩霍然起身，

发出一声莫名的尖叫，一点一点倒退，将身体完全贴在对面的墙上。虽然从这一举动就能看出女孩并非秋丸，但亲王仍不相信，不肯轻易打消最初的想法。尽管不知道她能不能听懂，亲王还是隔着石洞用唐音喊道：

"不用害怕，我没有丝毫伤害你的想法。我钻不进这个狭小的洞口，即便是想伤害你，也做不到。我觉得我好像认识你，从广州出发以来，有个和你长得一模一样的姑娘一直在身边侍奉我，说不定是你小时候失散的双胞胎姐姐或是妹妹。"

然而女孩仍旧只是惊慌失措，看上去并没有理解亲王所言，而且由于在洞穴之中听到一个陌生男人的声音，她愈发心惊胆战。

隔着石洞，两人默然相向，借助着篝火微弱的光，躲躲闪闪地互相观察着对方。这种状态不知持续了多长时间。女孩子一扫方才的激动，看上去也不再像先前那样明显地流露出恐惧的神情，但依然没有放松对亲王的警惕，仍保持着紧张的姿势。亲王默默看在眼里，心中越发焦虑。

很快女孩似乎是因为极度的紧张而筋疲力尽，保持着倚靠石壁的姿势，打起了盹，因而亲王能够更加无所顾虑地仔细审视身着奇妙的鸟之衣服的女孩面庞。看着女孩紧张舒缓之后略带笑意熟睡的容颜，五花八门的想

法犹如云聚云散一般，在亲王混乱的脑海里闪现。

如此说来，那位博学的圆觉曾经私下断言，秋丸流淌着罗罗人的血，而秋丸的那种特征也赫然出现在这个孩子的脸上。罗罗人有着凹陷的杏核眼，这简直就是秋丸的眼睛。眼角水平，这同样与秋丸一模一样。因为大批罗罗人定居南诏国，所以此地的女孩子与秋丸相像也在情理之中，然而即便如此，这两个人也未免太相像了。方才情不自禁脱口而出了，说不定两人就是失散的双胞胎姐妹，因为某种原因，一出生便分开各自长大。秋丸不幸被卖作奴隶，辗转于各地，而这个孩子很可能是在云南长大，在云南出落为一名少女。一定是这样的。虽然明知不可能，但眼下亲眼所见，不能不把她认作秋丸。两人就是如此相像。应该是这样，这个孩子既然是秋丸的姐妹，那就应该是春丸。今后就把她叫作春丸吧。啊，如果什么时候能把这个春丸带回秋丸正在等候自己的地方，该是一件多么令人高兴的事情啊。安展和圆觉，又该怎样目瞪口呆啊。秋丸和春丸面对面互相打量对方的面孔，各自又会做何反应呢？

亲王的思绪天马行空，没有停留。等回过神来，不知何时篝火熄灭了，四周陷入一片黑暗。

这时，身后洞穴里突然传来一阵杂乱的脚步声，几个手举松明的男人一边吵嚷着蛮语，一边蜂拥而至。先头一个男人手中的松明猛然照在了亲王脸上，眼睛刚适应了黑暗的亲王不由得别过脸去。

几个男人可能是南诏国的官员，高高在上地对亲王上下打量一番，然后把松明粗暴地伸进洞穴，随即发现了蹲在石屋深处的少女。听到男人们的脚步声之后，少女似乎已经醒来，惊恐万状地躲藏起来，用鸟的翅膀裹住身体，紧紧贴在里面的岩壁上。

从这些男人在发现少女身影之后一齐爆发出的欢呼声来看，他们很可能是为了追踪这位少女，特意钻进了鸡足山的山洞。真高兴啊，要找的人终于找到了。从他们激动的声音中就能体会到这种感情。

在松明火焰的震慑下，少女最后似乎还是放弃了，从洞穴爬了出来。刚一出来，她便立刻紧紧抓住站在那儿的亲王的胸口，仿佛在刹那间意识到在此情此景，只有这个人才可以依赖，这反而让亲王慌了神儿。也许是在刚才，只有他们两个人在黑暗中隔着石屋相互打量的时候，她对亲王没来由地萌生了一种亲近感。亲王不由得动了容，从翅膀上方紧紧搂住女孩纤弱的肩膀，说道：

"虽然我不知道是怎么回事，不过，春丸，别害怕。我会帮助你的。"

这时，男人们当中一个队长模样的人听到亲王的唐音，这人身着修身皮袄，有些年纪。他也用唐音说道：

"看样子你应该不是本国人，你和这个女孩是什么关系？希望你能说一说。"

亲王镇定自若：

"我只不过是一个旅行者，偶然在这里遇到这女孩罢了。至于她犯了什么罪，我毫不知情。我是一个去往天竺寻求佛法的日本僧侣，曾在长安拜受大唐国皇帝的恩准。"

"这么说你是从长安来的？"

"不，并不是从长安直接过来的，在大唐旅居两年有余，曾在长安住了半年左右。"

听罢，男人的态度陡然一变，似乎对亲王充满敬意，言语也恭敬有加，换成了谄媚的语气：

"恕我无知。我名叫蒙剑英，是这个国家国王的远亲。年轻时曾在蜀地成都留学，算是学会了唐音，然而很遗憾，我从未去过都城长安。那么，这个姑娘……"

自称姓蒙的男人指着亲王怀里瑟瑟发抖的少女，继续说道：

"这个姑娘是从民间招选的宫廷专属妓女，在宫廷举行内宴的时候，专门负责扮鸟表演歌舞，然而最近不知如何从教坊擅自出逃，下落不明。不过，既然在这里被抓住，便是她穷途末路，回到王城，必有严酷的审讯等候着她。做好被割掉耳朵的准备吧。"

"割掉耳朵？这又是为什么？"

亲王惊讶地大叫一声，蒙剑英的嘴角浮起一丝笑意：

"这是这个国家最轻的刑罚。不过说来话长，姑且先离开这里吧。遵王上之命，我必须要把这个姑娘护送至湖畔的王城，方便的话，您可以随我一同前往。马和船都已经备好，要比步行快得多。"

虽然亲王对去了王城之后该怎么办没有任何的主意，但也不忍就此将少女撇下，于是下定决心与官员们同去。

走出洞穴，阳光格外刺眼。几匹不知道从哪里调拨过来的马，一边吃着草，一边等候着男人们。在蒙剑英的催促下，亲王飞身上马。少女也骑上马，依旧披着艳丽的翅膀，丝毫看不出犯下逃亡之罪被扭送回去的样子，反倒更像是出发去参加节日游行。可能是自幼骑惯了马，少女勒缰绳的手法远比亲王娴熟得多。

众人沿着鸡足山山麓的斜坡一直向西前进，不知上上下下翻越了几多山岭，不久就看见远方有一处镜子一般极为狭长的湖泊。那就是洱海。与此前见到过的浑浊的洞里萨湖迥然不同，那荡漾着金光银光、沙沙作响的动人水波，惊艳得让亲王都说不出话。啊，真像近江的湖水啊。的确，迎面是白雪皑皑、高高耸立的苍山，周围被以苍山为中心的连绵山峦环绕的洱海，与那被包围在比叡、比良、伊吹的群山之中的近江湖确有几分相似。不曾想到会在这样的地方，见到小时候多次游历的湖水，尤其是能见到与有关药子的难忘回忆密不可分的湖水，亲王坐在马背上，心情畅快许多。

蒙剑英纵马靠近，向亲王说道：

"这叫作银苍玉洱，苍山洱海尽收眼底，这一带的美景甚至享誉大唐。而且传说如果哪个人在这片镜子一样的湖面上倒映不出面容，那么在一年以内他将会死去。不过这只是个无聊的迷信，我们是不相信的。"

沿着平坦的坡道一口气疾驰而下，眼前便是湖水哗哗作响的湖畔。一行人在这里下马，乘舟渡过湖泊。这是用填充了空气的皮袋扎成的筏子，最多只能坐四个人，因此众人分乘两条皮筏。

皮筏飘飘摇摇地驶向湖水中央，那隐匿着无数年少回忆的琵琶湖的幻象又重重叠叠浮现在亲王心中。不过，眼下可不是悠悠然沉浸在感伤之中的时候。蒙剑英坐在亲王前面，少女坐在后面，在局促的小皮筏上，蒙剑英始终说个不停。因为少女听不懂唐音，所以蒙剑英毫无顾忌地当着少女的面谈论着她。

"我曾说过这个姑娘是民间募集的宫廷专属妓女，

说得更加详细一些，这种妓女也不是随随便便从民间征召而来的。宫廷的妓女需要具备极为严格的资质。毫无疑问，必须是美少女，但也不是每一个美少女都可以。我国自古有一种在宫廷内宴演出的舞乐，被称为'鸟舞'，要成为这一类舞蹈的舞者，就要有相应的身体条件。据说初夏时节，每当雷鸣阵阵时，云南山中以游牧为生的一些女性，便像是受到触动一般能够感应雷声而产卵，而宫廷的妓女就是专门从这些卵生女子中挑选出来的。不，不单单是挑选，实际情况是，因为这样出生的姑娘寥寥无几，所以每当得知有卵产下的消息后，宫廷就会火速派遣官员前去征得其双亲同意，将这些姑娘培养成未来的妓女。于是，姑娘被禁闭于宫中的教坊，施以完备的歌舞音曲教育。纵然双亲提出异议，国家也不会理睬。"

一听到"卵"这个词，某个印象像泡沫一般从亲王渺远的记忆里浮现出来。那是小时候，经常陪他睡觉的药子唱着"飞向天竺吧"，从匣里取出一个不知道是何物的发光体，扔向昏暗的庭院。似乎药子还说过，她厌倦了为人，来生希望在天竺像鸟一样从卵降生。然而没想到产卵之女不在天竺，而在这云南之地。如果这个男人所言非虚，那么像双胞胎一样相像的秋丸和春丸，很可能就是从同一个卵中诞生的姐妹。纷乱的思绪接二连三地冒了出来，亲王的头脑更乱了。

　　据清代檀萃的《滇海虞衡志》卷六记载，云南有一种长着女人脸的鸟，名叫迦陵频伽，仅闻其声，却见不到它的样貌。倘若亲王读过这篇记载，发挥联想，或许能想到秋丸和春丸皆应为迦陵频伽之属。可惜，即便是亲王，也想不了那么多。

　　不清楚少女知不知道自己正在被人议论，她一脸茫然，坐在皮筏上，不时梳理着鸟的羽毛，动作宛若一只鸟。亲王隐约觉得，羽毛之所以那样潮湿，应该是像蒙剑英说的那样，少女逃亡时在湖水游泳所致。

　　蒙剑英继续说道：

　　"有的年份会发生雷鸣，有的年份则没有，而且女性的生育能力也反复莫测，因此，有些年份教坊会迎来大批妓女候补生，而有的年份候补生充其量只有一两个。就像田里的作物，既有丰收之年也有歉收之年。这是自然规律，无能为力。"

　　亲王似乎对蒙剑英所言尚有不解之处，不自觉地歪着头自言自语道：

　　"可是我从来没听说过打雷能让女人怀孕。"

　　于是蒙剑英加重了语气：

　　"没有这种事吗？像孔雀这类的鸟，听到雷鸣而怀孕，佛教教典里面不是写得清清楚楚吗？而且如今南诏国的第十一代国君，名叫世隆的这个人，他的母亲就是感应雷声而生下了他，这是世人皆知的事实。另一说称，世隆的母亲在洱海沐浴时，与龙接触，感而有孕，而雷这种东西在想要靠近女性的时候，就会化身为龙。总而言之，无论是龙还是雷，它们对女性都有着相同的作用。"

秋丸和春丸始终在亲王脑海里徘徊不去，亲王装作若无其事地问道：

"这种感应雷鸣而生的卵之中，会不会有能生下双胞胎的卵？"

"生出双胞胎的卵吗？这个我没有听说过。如果让双胞胎妓女跳鸟舞，想必值得一看。"

但凡涉及双胞胎的话题，蒙剑英的回答都非常冷淡。

很快就看到了湖水对岸的王城，也就是大理城。它背倚高耸的苍山，从山麓直抵湖畔，气势恢宏。随着皮筏靠近，屋顶覆盖青石的望楼，悬挂旌旗的城门，以及连通城门的覆道都渐渐清晰地映入眼帘，卫兵们手持长枪，其一举一动似乎也触手可及。阳光映照在青石瓦片上，这是一座美丽的青色城市。除了这座城市，在湖边还能见到数座高高矗立在半空之中的佛塔寺庙模样的建筑，可见佛教在这里也十分兴盛。亲王感觉心情平静了下来。

"真是一座让人欢喜的城市啊。那位名叫世隆的国王，就住在这座城市里面吗？"

"自从第六代国王异牟寻迁都于此，到当今第十一代国王，南诏国的国王皆居住在大理城。不过刚刚度过了自己二十岁生日的当今君主世隆是个怪人，连同依旧健在的太后，他们几乎从不离开这座城市。"

"嗯？你说怪，是怎么一个怪法呢？"

"这个我觉得用不着我说，只要在城中遇到王上，您就能明白了。而且这是我多嘴多舌，您若觉得厌烦大可听听而已，以愚之见，假如您想要救出这个犯下逃亡之罪的姑娘，使之免遭割耳之刑，最有效的方法就是向王上直言面诉。为什么这样说？是因为王上始终对大唐心驰神往，他的弱点就是会不知不觉地被操着娴熟唐音的人，被身临其境般讲述长安见闻的人吸引。您漂亮的唐音，在这个国家正是一件无与伦比的武器。来吧，船要靠岸了。"

临下船，亲王无意间把头伸出船边，向澄明如镜的湖面望去。然而，他没有看到自己倒映的脸。其他人的脸都清晰地映在水中，唯独自己的脸倒映不出来。又试了几次也是一样。按照蒙剑英的说法，在湖水中倒映不出脸的人，会在一年以内死去。虽说是个迷信，但亲王仍然暗自惶恐。

　　皮筏上的人忙于靠岸工作，似乎没有一个人注意到
这件事。亲王决定把这件事藏在心里，跟谁也不说。

　　上岸以后，少女与亲王分开，直接被官员们押解
去了别的地方。多半是被打入大牢。离别之际，少女
回头凄怆地望着亲王，她的面庞在亲王心中久久挥之
不去。

　　王城里有供外国旅客住宿的设施，亲王暂且被安顿
在了那里，当晚在久违的床铺上就寝。虽然仍对少女放
心不下，但因为疲劳，他还是迅速坠入了梦乡。

　　在这一晚的梦里，亲王梦到的场景是秋丸和春丸手
牵着手，跳着古雅的鸟舞。《昆仑八仙》[1]是四个人四
个人地围成圈跳舞，这个鸟舞则是双人舞，因此节奏很
快。在眼花缭乱的旋转之中，根本无法分辨两人哪个是
秋丸，哪个又是春丸，亲王大为惊叹。

　　"哪个是秋丸？回答我。"

　　亲王心急火燎地问道，两人齐声说：

　　"哎。"

　　"哪个是春丸？回答我。"

　　"哎。"

　　最后亲王闭上嘴不再发问，两人随即停止了舞动，

　　1　《昆仑八仙》，日本雅乐，是一种四人舞，舞者戴着如张开羽毛之鸟
一般的帽子，罩着喙上挂有铃铛的鹤头面具。

像两只鸟似的脸对着脸，"咯咯"笑了起来。

　　第二天，在城里的一间屋内，亲王刚刚睁开眼，就听见蒙剑英敲门。他探头进来，表情戏谑地说道：

　　"早朝就要开始了。您随我先去拜见一下国王如何？"

　　在蒙剑英的带领下，亲王睡眼惺忪地穿过城里的长廊，来到规模极为宏大的朝堂。众卿百官已经是熙熙攘攘，因为人满为患，即便是在后面踮起脚尖伸长脖子，也看不清楚坐在前面远处玉座上年轻国王的脸。亲王仅仅能勉勉强强地看到他异常苍白的脸色。

　　国王玉座后面，立着八名身着皮衣腰悬利剑的彪形大汉，向着四周怒目而视。蒙剑英悄声耳语道，这些人的官职是羽仪长，护卫国王左右。还有一个男人蓄着唐人似的髭须，浑圆的身躯包裹着唐服，略上年纪，气定神闲地占据着国王右手边的椅子，此人的官职是清平官，相当于宰相，尤其是在现在，作为年轻国王的摄政大臣，可谓实权在握。此外，蒙剑英还对许许多多的官职、官名逐一进行了讲解，然而这些东西对亲王而言索然无味，这些名号统统是左耳朵进右耳朵出。

　　"国王看起来怎么样？"

　　早朝结束之后，蒙剑英像是迫不及待似的问道，然而亲王不知该如何回答：

"距离太远了，没看清楚。唯一有印象的就是脸色很苍白。"

蒙剑英压低声音说道：

"这段时间有传闻说国王发疯了。那种苍白脸色，虽说是与生俱来，但我看可能和疯病也有关系。不过，您想要向国王直接奏请逃亡妓女之事，这堪称绝无仅有的好机会。王上早就在等候着机会，以彰显佛教的慈悲心肠，因此对于您的诉求他必然满心欢喜、深受感动。他又因为精神问题而多愁善感，所以被打动的可能性更大了。切不可错失良机。"

蒙剑英如此热情地鼓动亲王，难道是另有企图？虽然不排除这种可能，但亲王本就不在意这种事。倘若蒙剑英看中了那个少女，那也不关自己的事，没必要考虑得太多。

就这样过了几日，亲王正在无所事事地出神，忽然蒙剑英气喘吁吁地跑了过来：

"机会来了。王上一个人去了附近的陈列室。去看看如何？"

在蒙剑英的指点之下，亲王穿过一条长廊，透过长廊上的圆形窗户就能望见湖水。接着，他来到了位于附近一隅的陈列室，但并没有发现人影。不过那里收藏的奇异藏品却首先吸引了亲王的目光。

　　在乍一看犹如刑讯工具的巨大方形框架里，悬挂着大钟小钟的青铜编钟、长方形铁板的方响、石头或玉石三角板制成的磬。都是乐器，且都是用质地坚硬厚重的金属或石头制成。这不禁让人猜测，击打时发出的声音是否也是坚硬而厚重、震撼人心的呢？其他乐器还有鼓、琴、横笛、笙等。此外，这里还摆放着落满了积年的灰尘、安装着木质人偶的指南车和记里鼓车，以及应该是用于天体观测的工具。

　　正面墙上是一字排开的历代南诏国国王的肖像画，从第一代到第十一代，并排悬挂在同样的高度，丝绢画布上无一例外都是蓄着庄重的胡须、头戴王冠的形象，然而不知是什么原因，唯独第十一代现任国王的肖像画伤痕累累，残破不堪，甚至无法辨认他的容貌。出乎意料的是这些伤痕看起来很新，亲王忽然一闪念，这难道是那个发疯的国王疾病发作，自己弄坏的吗？

　　亲王茫然地站在七零八落的肖像画前，不一会儿，身后响起了脚步声，一个面色苍白的年轻男子不知什么时候走了过来。不用问，这一定就是现任国王世隆。从他那小啮齿动物似的孱弱表情上，亲王一眼就看出在他那执着于某件事的心中潜藏的痛苦。

　　年轻的国王仔细端详着亲王的脸，逐渐面露喜色：

"啊，负局先生[1]，您没有忘记那天我们的约定，终于到这里来了。我太高兴了。"

那几乎是立刻就要喜极而泣的语调。亲王目瞪口呆。谁是负局先生？亲王对道家的典籍不甚了了，完全没听明白。不，纵然是浏览过《列仙传》，也不会明白为什么负局先生的名字会出现在这里。亲王无言以对，只得一言不发，随后国王扭过头，向后高声叫道：

"母亲，母亲！"

应声而出的是太后，也就是世隆的母亲。虽然是太后，但尚不满四十岁，一袭黑衣，身材高挑，站在那里有一种傲然的凛凛威严。突然出现一个意想不到的人物，亲王一时间有些手足无措，张口结舌。这就是传说中在洱海里沐浴，接触龙之后感而有孕的女人，亲王甚至怀有着几分敬畏之心。然而太后丝毫没有理会亲王，只是朝着亲王的方向微微欠身致意，便忧心忡忡似的立刻走到儿子旁边。儿子向他母亲说道：

"母亲，高兴起来吧。负局先生来了。看，我曾经向您说过，我在成都的时候见过先生。先生不仅是磨镜子方面杰出的天才，而且知晓治疗人类心病的方法，所

1　负局先生，汉代刘向所著《列仙传》中人物，不知姓名，常背磨镜工具在吴市巡游，并向主人家有否病人，如有，则取紫色药丸与之，食之莫不痊愈。后疾病流行，负局先生挨家挨户给药，活者数万。

以现在已经没事了。就算是我的不治之症，凭借先生的力量也一定能治好。啊，真高兴呀。"

正说着，异常兴奋的国王突然跪倒，散架似的一头扎在了地上，好像是昏了过去。

似乎这是常事，太后并没有表现出特别的慌乱，她俯视着直挺挺躺在地上毫无生气的儿子，皱着眉头，只说了一句话：

"真头疼。"

随后第一次正经地看着亲王的脸：

"我不知道您是谁，但既然我儿子那样说了，我希望您能够扮演好负局先生。可以吗？"

"好的。"

在叮咛之下，亲王不由得应承了下来，然而却难掩费解的神情。太后自然看在眼里，或许是想要解释一下：

"那就是我儿子的病根。"

说着，太后走到陈列室的角落，伸出一只手，一下子掀开了放在那里的两件器物上面的覆盖物。掀起盖着的布之后露出来的，是一个等人高的木台子，台子上架着两面直径三十厘米左右的白色铜镜，间隔一米，相向而立。

"这两面镜子是在大约两百年前，大唐的公主下嫁本地国王时，从长安带来的陪嫁，但不知道从什么时候开始，它们成为我儿子恐惧的根源。照镜子的时候，能从镜中看到自己的影子，相当于自己变成了两个人。这很可怕，但我儿子又说忍不住不照。最近他又说，每当照镜子的时候，就会有一个和他一模一样的男人从镜子里钻出来，突然站在他的面前，过一会儿便像烟雾一样消失不见。如果站在两面镜子中间，那自己的影子将会更多，数量不可估量。这太可怕了。但是他又忍不住不看。一旦我没看住他，他便溜进这间陈列室，一天到晚，疯了似的对着镜子做各种动作。"

亲王抓住太后停顿的瞬间，询问自己关心的问题：

"王上把我叫作负局先生，请问那究竟是怎样一个人物？"

"我儿子说他几年前去成都游玩的时候，在那里遇到了一个会道家神术的先生，那就是负局先生。我儿子坚信，只要让先生打磨镜子，镜子就不会让自己的影子胡乱增加。"

太后说到这儿，地上失去意识的国王苏醒过来，摇摇晃晃地站起身，注意到了摘掉遮盖物的镜子，走到旁边说道：

"先生，请看。我的影子还会从镜子里出来。看，站在那儿了。啊，消失了。啊，这次是从那一边出来的。唉，这家伙真是没完没了。究竟想要怎么样？"

　　国王站在镜子和镜子中间，像是灵魂出窍一般两眼充血，像个木偶似的手舞足蹈。太后对儿子这副模样看不下去了，她回过头望着亲王：

　　"先生，就是这个样子，总是这个样子。请您想想办法吧。"

　　想想办法，话虽这么说，但亲王又不是负局先生，能有什么特别的办法？亲王注视着年轻国王的狂态，沉吟片刻。忽然，亲王心中灵光一现。不知道能不能成功，赌一把吧。就这么干吧，亲王想。

　　亲王抓住因疲惫而动作逐渐迟钝的国王的一只胳膊，轻轻将国王拉到面前：

　　"王上，接下来我将对镜子施以封印之法，请您在这里认真观看。可以吗？"

　　让国王在旁边站好，亲王向前迈出一步，自己站在了镜子和镜子中间。然后毅然向镜子里看去。能照出来，还是照不出来？果然，镜子照不出自己的脸，和几天前从船上看湖水的时候一样。果真如此吗？自己的影子已经消失了这件事，在这里又一次得到了印证。然而亲王并没有将这种感情表现出来，而是继续表演，彻底化身负局先生。

　　"怎么样，王上？镜子里一点儿也没有映出我的影子。影子被完全封印了。"

　　国王从旁用直愣愣的眼神盯着没有映照出亲王面庞的空白镜面，微微张着嘴，呆若木鸡。看样子是受到了极大的打击，大脑一片空白了。

　　亲王接着伸出双手，从两个台子上拿起两面镜子，镜面向内，将两面镜子完全贴在一起。

　　"看好，这样做之后影子就会被永远封印，再也不会在这个世界上出现了。断绝光源，影子就会尽数死在黑暗之中。太后，能否烦劳您拿一根绳子来。我要用绳子把这紧紧重合的两面镜子牢牢捆上。"

　　就在亲王用绳子将两面镜子捆上的时候，国王苍白的脸上浮现出了如释重负的表情，久违的安然神情舒展开来。他回顾太后，用感慨的语气说道：

　　"您看啊，不愧是负局先生。我早就知道。"

　　又过了十天左右，亲王已经和春丸两人骑着马，沿着伊洛瓦底河的支流瑞丽江，走在了云南去往缅甸的山路上。

　　从镜子被封印的那天起，南诏国的国王和太后，都对亲王佩服得五体投地，故而将春丸减罪一等，对于亲王提出的希望能将她移交给自己的请求，也没有任何异议。尽管国王亲自恳切地表达了，像亲王这样德才兼备的饱学之士如果能够留在国内，该是怎样的一件幸事，但这仍然不能阻止亲王西渡天竺的宏愿。最后，国王重新提议，要向准备翻山越岭返回阿拉干国的亲王和春丸，提供两匹以耐力著称的云南马。亲王表示感谢，接受了这份礼物。

"耳朵没被割掉真好啊，春丸。"

亲王在马上说道。

"是的，多亏了亲王。"

春丸同样擅长语言学，她和亲王之间已经能够像这样进行一些简单的日常对话了。成为亲王的侍童之后，她已经不再穿鸟的羽毛了，穿的是男孩子的服装。

"祥和的国家啊，再见吧。和平的国家啊，再见吧。死亡的国家啊，再见吧。"

与春丸一同渐渐离南诏国远去，在能看到远方熠熠生辉的洱海的山脚下，亲王并没有对谁讲话，而是就这样嗫嚅着。不知为何，心中充满悲切。

瑞丽江沿江的山道古时候商旅络绎不绝，尤其是壮美的河谷风光颇负盛名，但这并不意味着不熟悉这里的旅人通过时就不会遇到麻烦。郁郁苍苍的森林中既有野兽也有毒蛇，一不留神还有被剽悍蛮族袭击的危险。虽说是南国，但这一地带三千米以上的山峦连绵不绝，需要做好应对严寒的准备。在山道上行走时，还要注意连人带马从悬崖峭壁坠落的危险。以在平地行走的放松心态，绝对不可能踏破这条山路。

为了驱赶毒蛇，亲王一边纵马前行一边用擅长的笛子吹奏着《还城乐》[1]。这便是那只摆在大理城陈列室的古代笛子，饯别之时国王送给了亲王。据说古乐《还城乐》描写的是胡人食蛇的场景，很可能因此人们认为这首曲子具有驱逐毒蛇的力量。当然亲王对此并不相信，但耐不住一时兴起，想要在南国的密林中一边打马前行，一边怡然自得地吹一吹古代的笛子。

这一天同样是骑着马吹着笛子，太阳渐渐落山，山峦尽处西方天空被染得火红，亲王觉得略有些消沉，便把笛子插入腰带。笛声一停，四周霎时万籁俱寂，亲王十分罕见地感到孤寂之感浸透身体。这是风景本身的孤寂，还是来自自己内心的孤寂？正在纳闷，怔怔地思索时，亲王忽然看到对面两个骑马的旅人走了过来。

因为那两个旅人背对着夕阳，所以看不太清楚他们的相貌和动作。就这样，两个模模糊糊的人影慢慢向这边走近，终于在路上与亲王擦肩而过。就在擦肩而过的瞬间，亲王无意间瞥了那两人一眼，看到那两个人不论是长相还是身材，从衣着到携带的物品，都和亲王、春

---

1 《还城乐》，一说为《见蛇乐》的转音（日文中"还城乐"和"见蛇乐"发音相近），日本雅乐的曲目之一，是戴胡人面具、手持桴的单人独舞。

丸如出一辙，分毫不差。这边的一行两人与对面的一行
两人，就如同是同一个模子刻出来的。亲王心中一惊，
佯作不知任由两人过去，然后在马背上立刻回头，这时
那两人连同马匹，都已经像一阵青烟一样消失得无影无
踪了。

　　"春丸，你看见了吗？"

　　"哎，看见什么？"

　　听到这糊里糊涂的回答，似乎刚才春丸什么也没有
看到。

　　骑着神速的名驹不停不歇地从洱海边到阿拉干国的
海岸，穿越层峦叠嶂的遥远距离，等到亲王和春丸回到
随从们等候的地方，几乎用了一个月。刚一抵达，安展
直接飞奔出来：

　　"呀，欢迎回来。非常悠闲的旅途啊。噢，秋丸也
一起去了？我还担心你去哪儿了呢，居然若无其事地和
亲王一起回来了，秋丸，你这家伙的脸皮真够厚啊。"

　　看来是把春丸当作秋丸了，亲王笑着解释了，然而
安展反倒一脸错愕：

　　"这就奇怪了。秋丸的确是在大概十天前出走了，
再也没见到。秋丸不在这里呀。"

　　这下轮到亲王大吃一惊，张着嘴愣在那里。秋丸这

家伙，不跟我打声招呼，躲到哪里去了？然而此后他与安展、圆觉等了又等，但秋丸再也没有出现。唯一的解释是春丸出现，与此同时秋丸便消失了。只可能是秋丸重生为春丸，从鸡足山的洞穴中走了出来吧。

珍

珠

　　自从亲王从船上俯视了水平如镜的洱海，确定没
能映照出自己面容的那一刻起，死亡的阴影就犹如钻
进墙壁缝隙导致龟裂的植物气根那样，开始一点一滴
地渗入亲王心中。"传说如果哪个人在这片镜子一样的
湖面上倒映不出面容，那么在一年以内他将会死去。"
那个姓蒙的南诏国官员的话语，仿佛幻听一般，时常
在亲王耳畔回响。不过，亲王既没有觉得体力或气力
有所衰弱，也并未对自己的健康丧失信心，归根结底
那只是一种含糊的预感。毕竟自己在三十年前便已经
度过不惑之贺，如今已是再过三年即将庆祝古稀之寿
的高龄，因而亲王觉得不论何时告别人世都不足为奇。
父亲平城帝是在五十一岁时去世，叔父嵯峨帝五十六
岁驾崩。即便是空海高僧不也是在六十二岁就坐化了
吗？与他们相比，六十七岁的自己似乎活得太久了。

诚然，西渡天竺的志向卒于中途甚为遗憾，但如若此乃天命，那也无可奈何。

"我觉得，不久之后我就要死了。"

亲王笑着说道，安展就像是要开口叫一声"想不到"似的，嫌弃地皱着眉头：

"您不要说这种没来由的事，亲王。眼下可摆着去往天竺的大业。打退堂鼓可不像您的做派。"

亲王摆了摆手：

"不不，绝对不是打退堂鼓，去往天竺的梦想依然在我胸中熊熊燃烧。不过，从前的高僧都能够领悟到自己的死期。或许是我的修行还差得远吧，弄不清楚自己究竟哪天会死，只有一个朦胧的预感，这很让人苦恼啊。不管怎样，我都已经六十七岁了嘛。"

"六十七岁也好七十七岁也罢，亲王青春永驻。亲王之所以是亲王，这便是原因。如果不是这样，那终日叫着'亲王、亲王'的我们，也将走投无路。"

"亲王就必须年轻，有这种道理吗？这就叫作蛮不讲理，这就是强词夺理。不管怎样，我都不可能永远年轻下去。"

话虽如此，但亲王不论哪里都看不出年近七旬的老态，其精神矍铄，再怎么看也顶多是五十大几岁而已。如今看着腰背挺拔，一边豪迈地与安展谈笑风生，一边大步流星地在阿拉伯船舷边昂首阔步、身姿飒爽的亲王，无论如何也想象不出这会是一个被宣告生命仅剩一年的人。

亲王一行人终于觅得良机，搭乘商船从阿拉干国的港口出发，随季风沿孟加拉湾向着狮子国（锡兰）一路南下。正是那个相传释迦牟尼佛生前曾三次造访的狮子国。抵达狮子国之后，天竺便近在咫尺了。一想到总算能去天竺了，众人都长舒了一口气。然而迄今为止的艰辛旅程屡屡告诉他们，海上航行飘忽不定，他们未必能够称心如意。如此说来，自然不能掉以轻心。唯有祈求观世音菩萨保佑航海平安，祈盼凭借神力能够顺利抵达天竺岸边。

唐人称之为大食船的阿拉伯船，规模虽不及唐船，但其独特的护板船首给人以坚不可摧的感觉，看上去足以抵挡孟加拉湾的惊涛骇浪。除了悬挂着罕见的三角纵帆的主桅，还有四根桅杆，而且船尾还矗立着塔楼模样的船尾楼，这与亲王此前常见的唐船有着迥然各异的趣味。船员也不只有阿拉伯人，还包括波斯人（伊朗人）和昆仑人（印度人）。亲王深感新鲜，像个孩子似的在船舱里走来走去，每次有了新的发现，都要告诉安展和圆觉。

一天夜晚，亲王睡不着，起身从船舱走上甲板，在清冽月色的映照下，他看见船尾楼上有一个男人的身影，像是在观测着什么。那人右手将一个金属圆盘似的东西举到与眼睛同高，望向天边，左手像是在操纵着什么。亲王在下面抬头看了一会儿，忍不住好奇，禁不住问道：

"你在那里做什么呢？"

男人向下瞥了一眼，平静地回答道：

"测量星星的高度。"

"星星？"

"是的。准确地说是北辰星（北极星）和华盖星（小熊星座）。我的看家本领就是让船在前进时始终保持华盖两颗星的高度在五指二角¹。不是吹牛，除了我，没人能够自如操纵船舱里面的罗盘。"

抛下一句谜一样的话，男人又专心致志地盯着天空。亲王愈发好奇难耐：

"我也能上去吗？"

"啊，没关系的。"

亲王沿着狭窄的梯子爬上船尾楼，这才发现操纵着罗盘观测星辰高度的男人年纪轻轻、文质彬彬，与刚才对话时传道似的措辞很不相称。亲王和他天南海北地聊

1　此处为牵星术术语。牵星术是用观测星位来确定方位、地理纬度的方法，主要用于航海。

着，得知此人虽然能够熟练地运用唐音，但他出生在波斯国的伊斯法罕[1]，曾在巴格达学习了天文历法的原理。他凭着学问，登上了阿拉伯船，在东西方的大洋上往来穿梭，尽管年纪不大，但见多识广，可以流利地使用多国语言，就连亲王也大为佩服。亲王对这个名叫卡马尔的年轻人很有好感，而年轻人显然也很喜欢出身高贵、彬彬有礼又态度谦和的亲王，在这天晚上，主动对亲王敞开心扉无话不谈。就这样两人相谈甚欢，不知不觉，东方天已泛白。

亲王从船尾楼上俯瞰黎明时的海面，这时，忽然发现一个活物正在游水，掀起朵朵白色浪花，看上去不像人，而且脑袋光溜溜的，也不像鱼。它时而潜入水中，时而一跃露出水面，"呼"地长出一口气。亲王不由得将身体探出栏杆：

"在那边游泳的是什么……"

"啊？什么东西？"

卡马尔的目光也被吸引到海面上，不过随即抬起头，兴味索然地说：

"我对海里的东西一点儿也不感兴趣，我的兴趣仅限于天空。一颗星星飞过，对我来说就是像国家灭亡一

---

1 伊斯法罕，在今伊朗中部，始建于公元前六世纪至前四世纪，公元十世纪波斯统治时期，极为繁盛。

样的大事，然而海里的事，即便是怪兽兴风作浪，也不足以让我感到分毫的惊讶。"

说着，卡马尔爽朗地哈哈大笑。看着他，亲王也不由得咧开嘴大笑起来。

在海中游泳的可疑生物的身影就此消失了，不过这天晌午，亲王又一次与它不期而遇。当时亲王正坐在船尾的梯子上，吹奏着南诏国国王赠予的古代笛子，忽然一处水面翻滚起来，一只光头生物像是被笛声吸引，从那里"噌"的一下探出了头。因为刚刚遇到过类似的事情，所以这次亲王并没有特别惊奇，恰巧春丸在旁边，便招手让她过来。春丸此前在山里长大，从未见过大海，她战战兢兢地顺着亲王手指的方向看去。

"啊呀，那是什么？像人一样。太可怕了。"

亲王像是要保护心惊胆战的春丸似的，站在舷边。

"不用害怕。我曾看到过一头和它一模一样的生物，那时大概是在交州附近的海上。当地话将它称为儒艮。也是在那个时候，我了解到这种动物很聪明，擅长学习人类的语言。无须害怕。"

话音未落，在海面上露出胸口的儒艮一边凝望着春丸的脸，一边发出了清楚的人语：

"好久不见。秋丸君，还记得我吗？"

不仅是被儒艮盯着，还出乎意料地被搭了话，春丸惊恐万状，面如死灰，一个劲儿地打哆嗦，几乎当场就要昏厥过去。可是儒艮却自顾自地继续说道：

"说起来，还是秋丸君教会了我说话。这份恩情，没齿难忘。不过，学会了语言，并没有能让我躲过死在地面上的命运，至今犹记得在南国森林中气绝身亡时的酷热。不过，没必要说这些。这些秋丸君都应该知道的。"

听它的口吻，似乎是完全把春丸当成了秋丸，亲王听不下去，从旁插言道：

"喂，儒艮，适可而止吧。这孩子不是秋丸，长得是像，但是叫春丸，生在云南，从小在山里长大，没见过大海，看得出来她很害怕你这样的海洋生物。你能否暂且退下？我替魂不守舍的春丸请求你了。"

儒艮像是吃了一惊，认真地看了看春丸的脸，随后像是听从了亲王的话，悄然在水中隐去了身影。

儒艮的身影消失之后，春丸依旧不停地颤抖，亲王关切地问道：

"为什么这么害怕？那只不过是个生活在海里的动物而已嘛。"

"可是，我从没见过长得那么像人的动物。从小时候起，我在熟悉的洱海里看到过各种各样的鱼，但是从没遇到过像儒艮这样恐怖的动物。而且那个儒艮说的话也很可怕，说什么自己死过一次，这么说，那是儒艮的亡灵了？"

"噢，这种怪事，我也不知道该怎么说。"

"亲王，还有奇怪的地方。"

"咦？还有吗？"

"是的。关于儒艮口中的秋丸君，我从来都没听说过，恐怕是个和我毫无关系的人吧。但是，不知为什么，我总有种感觉，在很久以前，似乎与儒艮相识。"

"你说什么？你不是刚刚还说自己一次都没有见过那种可怕的动物吗？"

"没错，的确是这样，确实从出生时起从来没见过。但是出生以前……"

"出生以前？"

"儒艮一说，我就有一种似曾相识的感觉。这么一想，我又感觉到我好像是教过它说话。也许是上辈子的记忆吧，也可能是某种错觉。亲王，您想到什么的话，请您告诉我。"

听到这样一番话，亲王想不出足以解释这咄咄怪事的词语，不知道应当如何回答。

船乘风破浪，驶过凶神恶煞般的滚滚波涛，沿着孟加拉湾径直南下。近一段时间来，头顶上的太阳像一个熊熊燃烧的大火球，暑热愈发毒辣，海水犹如沸腾一般

真珠

升腾起热浪，这些无不表示着从纬度上看，已经极其逼近南方。船员们不堪酷暑，纷纷扯掉衣物，几乎就是半裸，只剩兜裆布。忍受酷热依旧穿戴齐整的，船上就只剩亲王和春丸了。因为船员都把春丸当作男孩，所以他们经常肆无忌惮地嘲讽坚持不肯脱衣服的害羞少年。

到了晚上，卡马尔还是如往常一样爬上船尾楼，手持罗盘，观察星体运行，直至天明。满天繁星。不过，因为逐渐靠近赤道，所以地平线上的北辰星越来越低垂，对罗盘已经没有了作用。如今卡马尔只能将华盖的两颗星作为目标了。根据两颗星的高度，就能够确定船的方位，也可以很轻易地判断出狮子国就在附近。亘古不变，天文从不出错。再过四五天，船就能顺利地在狮子国的亭可马里¹港锚泊了。卡马尔确信自己的技术万无一失，应该可以将船指引到既定的方向，他心满意足地对着星光微笑，露出了洁白的牙齿。

在老普林尼²的《自然史》第六卷中被称作塔普罗班的地方就是狮子国。按照普林尼的说法，塔普罗班是

1　亭可马里，斯里兰卡滨海游览胜地，在斯里兰卡岛东北海岸、科迪亚尔湾北岸。它是一处天然良港、战略要地。

2　老普林尼，即盖乌斯·普林尼·塞孔都斯，古罗马作家、学者和国务活动家。他学识渊博，写有军事、历史、语言学、演说术和自然科学等方面的著作多种，其著名作品《自然史》（一译《博物志》）是一部百科全书式的著作，是当时的自然科学知识的总汇。

antipodes 国家，也就是在地球的背面。那里曾被认为是一片从北半球横跨赤道直至南半球的广大地域。据说这个国家被证明是一个岛屿，则要追溯到亚历山大大帝时代。普林尼似乎对塔普罗班岛兴趣盎然，在另一卷，也就是第九卷中再度提及塔普罗班岛，称之为世界第一大珍珠出产地。这在普林尼提供的信息当中算得上是难得一见的事实，在锡兰岛的确能够捕捞到巨大的珍珠。一说到世界知名珍珠产地，浮现在脑海里的就是从汉代起天下闻名的海南岛北岸廉州的合浦海，不过，锡兰岛的名气也毫不逊色，正如法显[1]的《佛国记》所言"多出珍宝珠玑"。翻阅亚历山大港的商人科斯马斯[2]的《基督教世界风土志》，同样能够发现自六世纪前后，锡兰岛就是丝绸、沉香、白檀、珍珠等珍宝交易的重要贸易地区。

---

1 法显，东晋僧人。三岁出家，二十岁受大戒，誓志西行求法，于东晋安帝隆安三年（399年）和同学慧景、道整等从长安出发，西过流沙，越葱岭，遍历五天竺，前后凡十四年，历尽艰险，游历三十余国，带回很多梵本佛经。后到达建康（今江苏南京）道场寺，与佛陀跋陀罗共译出《大般泥洹经》《摩诃僧祇律》《方等般泥洹经》《杂藏经》《杂阿毗昙心论》等，又把其旅行见闻写成《佛国记》，成为重要经典。

2 科斯马斯·因迪科普琉斯泰斯，六世纪埃及的亚历山大里亚的希腊旅行家。"因迪科普琉斯泰斯"意为"印度航海者"，是他的绰号。科斯马斯周游并经商于地中海、红海及波斯湾沿岸地区，以后成为僧侣。将其旅游经历与印象写成一书，名为《基督教世界风土志》，附有一幅最古老的世界地图，意图证实《圣经》记载的世界。它提供了有关印度与锡兰（今斯里兰卡）及西海岸其他国家商业往来的有价值的资料。

　　一天早晨，亲王和安展、圆觉、春丸在甲板漫步，忽然在右舷地平线上看到一个像是岛屿的影子。安展立刻面露喜色。

　　"喂喂，看见岛了。虽然离得远，我看那就是狮子国。如果是的话，那么漫长的辛苦多少没有白费啊。太高兴了。"

　　圆觉若有所思地制止了安展：

　　"现在高兴为时尚早。岛确实是岛，但如果是狮子国的话未免太小了。说不定是成群结队的鲸鱼在游泳，也可能只是露出水面的海里礁石。不要太得意。"

　　安展顿时十分扫兴：

　　"圆觉啊，你这家伙就爱跟别人唱反调。我高兴的时候偏要给我泼冷水吗？哎，可恶。"

　　等到船渐渐靠近，果然印证了圆觉的担忧，那个岛只不过是个微微露出海面的小礁石，更谈不上什么狮子国了。环顾四周，这一带散布着许多类似的小礁石。然而令人震惊的是这些礁石上居然有十几个人，可能是昆仑人。这群半裸的男人肤色黝黑，皮肤在阳光下闪闪发亮，他们有的悠闲地躺在岩石上睡觉，有的在浅滩戏水。其中一些人赤身裸体悠然自得地在水里游泳，一些人还毫不见外地向慢慢靠近的船挥着手。有的人一直在喊着什么，但这种语言亲王一行人闻所未闻，从一开始就没听懂。这时卡马尔走到船舷，毛遂自荐当起了翻译。

卡马尔在船上，与昆仑人之中一个头领模样的男人交谈了片刻，随后转过身对亲王说道：

"这些人是在采珍珠。因为狮子国政府垄断了珍珠采掘，禁止民间私采，所以这些人应该隶属于狮子国的官府。不过也可能是一伙儿私采者，我没有问得很仔细。不过既然这些人在这里入海采珠，应该有观赏的价值，让他们给我们展示展示如何？"

航路漫漫，颇为无趣，因此大家都没有反对这个提议，当即请采珠的头领带他们看一看采掘珍珠的现场，同时招呼船长，让他临时停船。或许是因为嚼了太多的槟榔，采珠头领长着一张猩红的嘴，经过卡马尔的翻译，他明白了什么意思，那张红嘴浮现出恶魔一般恐怖的笑容，随即向手下的男人们下达了命令。

随后，岩石的阴影里轻快地驶出一艘独木舟。独木舟上坐着三个男人，划着桨，来到深海处，然后三人一个接着一个，从船边纵身跃入海中。能看到他们在入水的时候，每个人手中都握着一个黑亮光滑、微微弯曲的宽大喇叭形的东西，也可以说是牛角形，不知道是何用处。

亲王领着一行人在舷边栏杆一字排开，目不转睛地盯着男人们消失之后的海面，然而十分钟过去了，二十分钟过去了，男人们依然没有浮上来。看了许久，海面上波澜不惊，连个泡沫都没有。亲王看得不耐烦了，小声对旁边的圆觉说：

"奇怪啊。人怎么能在水下憋气那么长时间？"

圆觉露出得意的神情：

"您看见那些人手里拿着牛角形的东西吧。玄机就在那里。以我之见，那是犀牛角。"

"犀角？"

圆觉愈发得意扬扬：

"咱们国家鲜有所闻，但唐土有一部道家著名典籍《抱朴子》[1]。据这本书记载，犀牛之中有一种名叫通天犀，它的角上有一条白线。据说如果在长度达到一尺以上的这种角上雕刻出鱼的形状，然后将角的一头含在口中潜入水里，那么将能够避开三尺见方的水，无论是谁，都能够在水中自由呼吸。可能这些人为了采珠，成功地利用了这个道家的秘法。魔术的关键就在于通天犀。事实一定如此。"

"噢，通天犀啊。虽然听上去不足为信，但眼下这些人就下潜了如此之久，不信也不行。"

正在闲谈，大约是四十分钟之后，水面"咕嘟咕嘟"

1　《抱朴子》，东晋葛洪撰著。葛洪自号抱朴子，因以名其书。全书共七十卷，其中内篇二十卷，外篇五十卷。关于"通天犀"，《抱朴子·登涉》中记载："得真通天犀，角三寸以上，刻以为鱼，而衔之以入水，水常为人开。"

地涌起了泡沫，众人一齐将目光投向海面，只见口衔着喇叭形状犀角的男人，一个接一个从海里露出脸来，右手刚把犀牛角从嘴里拿出来，就露出了微笑。只见那露出笑容的嘴里，满是闪闪发光的洁白珠子。正是珍珠。男人们尽可能多地将珍珠含在口中，从海底带回到海面，那被槟榔汁水染得通红的嘴，和洁白晶莹的珍珠形成了鲜明的对比。

头领仔细地从捕捞上来的珍珠当中挑选了一大颗递给亲王。尽管知道头领盘算着想要些好处，但自幼喜好把玩珠宝的亲王并没有丝毫掩饰自己的喜悦之情，将其捧在了掌中。这是一颗直径估计有一厘米以上的大珍珠。几乎完美的球体，晶莹剔透，带着青白色的光芒。不，随着光线的变幻，还会像被露水打湿一般映照出淡淡的粉色。

亲王让珍珠在手掌上来回滚动，如痴如醉地欣赏着它变幻莫测的光彩。

"这是多么神秘的东西啊，大自然竟然能够创造出如此动人的物体。"

这时，圆觉又插嘴道：

"我的看法与亲王不同，敬请原谅，以愚之见，像珍珠这样美丽的物体，也有它不吉利的地方。"

安展讥讽道：

　　"你这家伙，闭嘴好好听着，又在不懂装懂了。"

　　圆觉不慌不忙，仿佛把安展的讽刺当作耳边风：

　　"我要说的话也出自一部众所周知的道家典籍，就是我一直都非常喜爱诵读的《淮南子·说林训》，其中一节是这样说的：'明月之珠，蜺之病而我之利；虎爪象牙，禽兽之利而我之害。'所谓蜺，是一种贝类。我们因其外表美丽而眼花缭乱，然则对贝类而言，珍珠这种东西其实是一种疾病。患病的贝壳吐出的美丽异物，这便是珍珠。同样道理，企图诱惑修行之中的释迦牟尼尊的成群的恶魔，也是将病态的心隐藏在了美丽的外表之下。虽不知是因为疾病才美丽，还是因为美丽才患病，但这二者相互关联是无可辩驳的事实，每当我们看到过分美丽的事物，无论是女人、花卉还是器物，都会不知不觉地引发戒备之心。因而看到亲王掌中美丽的珍珠，便不能不担心它在未来会给亲王带来厄运。也许是我太容易操心了。我之所以斗胆顶撞亲王，仅仅是出于这些考虑，并没有其他意思。"

　　听着圆觉的话语，一时间抛在脑后的死亡忧虑，像从污浊的水底翻腾上来的沼气泡一样，又飘飘荡荡地浮上心头。"俯视湖面，如果那里倒映不出面容的话……"似乎是在一瞬间，那个男人的声音与海风一起掠过耳边，亲王愕然失色。如果圆觉的担心是对的，这颗珍珠是带来厄运的不祥之物，那么就应该毫不迟疑地把它扔进海里。不过纵然不扔，自己被宣告了将在一年之内死亡的事实也是不会改变的。然而，自己尚未实现西渡天竺的夙愿，尽可能小心谨慎地让不吉利的东西远离身边，不正是明智之举吗？可是，脑海中却又浮现出一个完全相反的考虑，那就是反正性命只剩一年，也无需再畏惧不祥之物，不如尽情欣赏这世界上的美丽事物。亲王从小就有把玩美玉珍珠的嗜好。如今，即便圆觉进谏忠言，也不能将难得的稀世明珠草草丢弃。

这时，安展豪放的笑声在舷边回响，像是要吹散亲王和圆觉的顾虑：

"把释尊降魔的老故事都搬了出来，佩服佩服。圆觉啊，你这佛心真是不像话啊。说什么珍珠像恶魔一样带来厄运，说什么美丽的东西和生病的东西相互关联，大放什么厥词。照你小子这么说，亲王有这样一副好心肠，都是因为得病了吗？"

这让圆觉十分狼狈：

"别这么说。我只不过是引用了古训，外表的美丽是靠不住的……"

安展咄咄逼人地打断了圆觉的话：

"要我来说，亲王的心灵美和珍珠的美，是相似而且相得益彰的。我觉得这两种美没有区别。即便那是疾病造成的，也没有关系。不客气地说，想来亲王格外钟情珍珠那样的明珠，就可以称得上是一种精神疾病。那么也可以说，这颗珍珠就是亲王的精神在这个世上创造出来的东西。正因为如此，二者才会如出一辙。我可不会像你那样，只会从丑恶的一面来解读所谓无病则无法塑造美丽的古训。"

言辞虽然激烈，但其实安展和圆觉间唇枪舌剑的辩论是家常便饭，换言之这就好比是一种游戏、一项运动，因而自己虽然成为辩论的中心，但亲王只是笑着听两人你一言我一语。死亡的威胁对于亲王而言，不是一个近在眼前的东西，并不能带来具体的恐惧感，归根结底是种模糊不清的预感。这是一种翘首以盼的新体验，甚至可以说是一种令人愉快的预感。果然就像安展说的那样，这颗珍珠或许就是由我那朦胧预感塑造、等候着我的死之结晶啊，亲王这样想着。

采珠人的头领赚得盆满钵盈，满脸堆笑地回去了。停泊在海面上的船再度起航。

船刚一开动，先前不知道跑到哪里、一直不见踪影的春丸来到亲王旁边，声音颤抖着说：

"采珠的那帮人真的回去了吗？我特别害怕那群人的头领，刚才悄悄躲在了船底。光头偏胖的头领，看上去总觉得很像儒艮。"

　　亲王苦笑道：

　　"你真是个有趣的家伙啊。先前看到儒艮，你说因为它像人，所以你害怕，这次看见了人，你又说因为他像儒艮，所以你害怕。虽然肤色发黑，与我们不同，但他和普通人没有什么区别吧？难道在你眼中，那个男人是儒艮变化而成的吗？"

　　尽管从未听说过儒艮变化为人的故事，但在唐土自古就有鲛人[1]的传说。简而言之，鲛人是一种生活在海里的奇特生物，长着鱼的身体，终日不眠不休地操纵织布机。哭泣时，珍珠就会从眼睛里落下。有时鲛人会变成人的样貌，上岸造访人家。在离开有恩于己的人家时，会把泪珠留下作为谢礼。因为亲王并不像圆觉那样精通唐土的典籍，所以理应不知道这个鲛人的传说，然而，此时听到春丸的倾诉，亲王脑海中真真切切浮现出了同鲛人一模一样的形象。诚然如春丸所言，那个矮矮胖胖的男人与儒艮确有几分相似啊，他说不定就是儒艮的化身。虽然不曾向春丸再开口，亲王却在心中暗暗琢磨。

　　没过多久，船上的人们便察觉到非同寻常的异样。

　　1　鲛人，神话中居于海底的怪人。晋张华《博物志》："南海外有鲛人，水居如鱼，不废织绩，其眼能泣珠。"又："鲛人从水中出，寓人家积日，卖绡将去，从主人索一器，泣而成珠满盘，以与主人。"

　　按照值得信赖的领航员卡马尔的估计，船不出十天即可抵达狮子国北岸。可是，从不出错的天文似乎出现了错误，颠覆了卡马尔的预判。十天之后，船依旧在茫茫大海中央，无论向哪个方向航行，就连一片像狮子国陆地的影子都看不到。卡马尔被自己的技术背叛，自尊遭受巨大打击，他整晚整晚盯着星空。可是更为糟糕的是这片星空还时常被朦胧杂乱的云朵遮蔽，有时甚至能把一颗星星看成两颗。刺眼的流星乱飞一气。卡马尔懊恼不堪，在船尾楼上揪着头发。

　　不仅是天气，大海也出现了异变，在此期间，浓雾将船密不透风地包围起来，尽管此前航行时也遇到过雾气，但此次雾气之浓，让白天的天空看上去就如同傍晚一般昏暗，视线被完全阻断。而且不同于以往的是，这一次的雾气层层叠叠，船即便冲出一重幕布似的雾气，却依然在另一重雾气的幕布之中，无论如何也走不出浓雾，犹如陷入迷宫一般。为了防范触礁的风险，船只能漫无目的缓慢地打转。阿拉伯人船长难以忍受船磨磨蹭蹭的航行状态，到最后也不再呵斥船员了，愤然回到船舱，大白天也只管赌气睡觉。

　　奇怪的是，天和海的异样仿佛能够直接在人类中间传染，船上的男人们也逐渐出现了反常的举动。

　　每到夜晚，总是闷热得让人心烦意乱。这天夜里，半裸的男人们围坐在甲板上喝酒。一丝风也没有，即使一句话不说汗水也一刻不停地从身上淌下来。既然想方设法船都动不了，那么对于这些无所事事的船员来说，除了借着酒劲放声高歌，再没有其他像样的事可做了。极度颓废的气氛弥漫开来，而围坐着的男人们像被什么驱赶着似的，在这酒歌之中忘我地嘶吼着，或许是在掩饰他们下意识的惴惴不安。亲王一如既往地坐在船尾的梯子上，漫不经心地望着这些男人忧郁的酒席。

　　过了一个小时，先前精神抖擞大吵大嚷的男人们似乎一下子兴致全无，一个个盘着腿坐在甲板上，闷不作声，像是睡意袭来一般上半身开始摇来晃去。突然，一个年轻男子站起身走近栏杆，出神地注视着夜幕下像油一样凝固的大海。年轻男子回过头，面带微笑。看到他笑了，其他男人们也跟着傻笑起来。随后年轻男子褪下兜裆布，赤身裸体，不知为何把兜裆布放在甲板上，然后纵身一跃，被夜晚的大海吞没了。

　　这天夜里，跳进大海的不只这一个男子。十五分钟之后，另一个男人从沉默不语围坐着的人群中站起身来，同样摇摇晃晃地走向舷边，毫不犹豫地投身大海。

　　第三个男人略有不同。先是伸了一个大懒腰，揉着眼睛站起来，像散步一样在甲板上走来走去。忽然像是想起了什么似的，走到船尾梯子旁边，轻轻拍了拍茫然地坐在那里的亲王：

"嘿，老王子，闷得受不了，你能不能吹吹笛子，活跃活跃气氛？"

老王子是船上的阿拉伯人称呼亲王时的爱称。这时，亲王仿佛如梦初醒，赶忙跑进船舱去拿笛子。满脑子都是笛子。当他回到甲板一看，男人已经投海了。

奇怪的是，从这些冲动的自杀者们开始行动直到结束，其他人都只是围坐并看着，没有要阻止他们的意思，既没有起身，也没有吱声，只是无精打采地坐着。也没理由指责别人，就连亲王自己，也不知道为什么浑身无力，有一种虚脱的感觉，根本就没有站起来跑去救人的念头，只是像看哑剧一般远远地望着而已。直到被第三个男人拍了肩膀，这才多少回到了现实当中，但不可思议的是，即便如此，他也丝毫没有想到要去挽救自杀者。此处的海怪肆虐全船，不仅亲王一个人魂不守舍，船上无一人能够幸免。

种种迹象表明，这里是一片魔鬼海域，船仍旧在这一带打转，想要脱身并非易事。每到极度闷热的夜晚，必然会有三到五名船员着魔一样，自己纵身跳进海里。不过因为船上有近百名船员，所以眼下并没有出现因人手减少而造成的不便。船员们都尽可能回避这个话题。

亲王千叮咛万嘱咐，告诫年轻的春丸，日落之后无论如
何都不能去甲板上。

　　就这样过了五天，这天晚上风也来了，浪也高了，
死去的大海又恢复了生气。尽管还不能航行，但船已经
可以像热身一般轻微地摆动了。这时，亲王觉得已经不
必害怕海怪，没什么事了，便叫春丸来到久违的甲板上
纳凉，自己则坐在船尾的梯子上，开始吹奏云南年轻国
王赠予的笛子。这是一把酷似龙笛、没有曲线的笛子。
云南是竹子和象牙的原产地，由于岁月流逝，笛子带有
琥珀的光泽，果然用料十分讲究。其音色自然散发出古
代的灵气，清冷明澈，犹如在海上的热浪中一阵吹拂而
来的凉风。

　　吹了一会儿，亲王像是虚脱了似的把笛子从嘴边移
开。相传过于专心地吹奏笛子，灵魂便会顺着嘴溜走，
多少有一点这种感觉。真奇怪，只要别再像前几天晚上
那样就好，这样想着，看看旁边，只见春丸呆呆地望着
大海。亲王已经习惯了这孩子的神经质，心说怎么又成
这样了，便问道：

　　“怎么了？看什么呢？”

　　话音刚落，春丸用手指着右舷远方的海面，用一种
战战兢兢的声音说道：

　　“那，那里的船……”

"什么?"

透过被风吹开的雾气,能看见那里确实有一条船,是一种帆船,舷墙上有箭垛,船上安装着投石机,桅杆之间飘扬着大大小小的旗帜,看上去像是一艘小型古代战船,漂浮在海面,犹如一个幻影。分明是在既无星也无月的黑夜,那艘船却隐隐发出苍白的光亮,像是水里的倒影一般不停地晃动,兜了一个大圈靠近过来。

相距很近之后,能够清楚地看到船上人头攒动。但是,能把他们称为人吗?虽然轮廓是人的形状,可是既看不清相貌也看不清体态,他们浑身上下朦朦胧胧,仿佛是融入了雾气之中,几乎只是人影。他们在船舷边列队,一声不响地盯着这边,又好像是水中的倒影,或长或短。

"那艘船上真的都是人吗?是活生生的人吗?看着不像啊。"

或许是没有听见亲王的低语,春丸只顾注视着幻影船,并没有回答亲王。

与此同时船越来越近,最终两艘船船舷相接。虽说是相接,但因为对面那艘船很小,所以船舷的位置也很低。按理说那艘船应该撞在这边船的船舷上,然而它却像是没有重量一样,没有传来任何的冲击力。这时,那

艘船上黑压压的人影开始从低船舷向高处的船舷投掷绳
钩，随后顺着绳钩，一拥而上来到了甲板上。

"嘎嘎嘎，嘎嘎嘎。"或许是这些人的笑声吧，这
些冲到近前的男人嘴里不停地发出这种怪叫。

亲王想要让春丸赶快逃离甲板，但为时已晚。前后
左右已经被影子男人团团围住，两人无路可逃。

"嘎嘎嘎，嘎嘎嘎。"男人们一边发出这种带有嘲
弄意味、让人不寒而栗的笑声，一边用手肆无忌惮地触
碰亲王和春丸的身体，那些手冰冷得吓人，就像是在水
里泡过似的。亲王的皮肤被打湿，禁不住汗毛倒竖。春
丸被吓坏了，如同死了一般，任由男人们摆布。亲王心
想，不能和这些幽灵一样的家伙对着干，于是同样一动
不动，没有任何反抗。

男人们用冰冷的手将亲王上上下下摸了一遍，先是
抢走了亲王紧紧攥在右手里的笛子，然后就要抢悬挂于
亲王腰间、装着打火用具的虎皮袋。实际上那颗从采珠
人那里得到的珍珠就放在这个袋子里。亲王勃然大怒，
这一刻终于下定决心要拼命反抗影子男人们。

为什么亲王要阻止珍珠被人抢走呢？圆觉说珍珠是
不祥之物，安展则说未必如此。安展甚至说这颗珍珠就
仿佛是亲王的精神在这个世上创造出来的东西。姑且不
论哪一方的看法揭示了真理，对于这颗珍珠，亲王在不

知不觉之间已爱不释手。纵然是个不吉利的东西，但珍珠与我同心同德，岂能白白让人抢夺？敢抢的话你们就试试吧。亲王抖擞精神，用力打掉男人们的手，挥拳结结实实地打在对方胸口，却打空了，这些人仿佛根本不是实体。

争斗之中，古色苍然的虎皮袋被撕破了，珍珠滚了出来，险些就要掉下去了，所幸亲王又用手接住了它。这时两三只男人们的手伸了过来。事已至此了，亲王不由分说地将珍珠塞进嘴里，然后下意识地"咕咚"一声吞了下去。这样就再也不用担心会被谁抢走了。

紧接着亲王头晕目眩，随即扑倒在地。"嘎嘎嘎，嘎嘎嘎。"在渐渐远去的意识里，唯有耳边始终响彻着男人们空洞的笑声。

等到从漫长的昏睡状态中苏醒过来，意识恢复清醒的时候，亲王首先感觉喉咙隐隐作痛。分不清是疼痛还是异物感，似乎有个东西卡在喉咙附近，吐也吐不出来，咽也咽不下去。口中焦渴，极想喝水，他伸手在漆黑一片的枕边摸索，但并没有水放在那里。

亲王在黑暗之中瞪着眼睛，不停地追寻中断的记忆线。珍珠怎么样了？想起来了，在船遭到影子男人们袭击的时候，自己迫不得已将珍珠吞进了肚里。这么说，喉咙的疼痛是因为吞下去的珍珠？是因为珍珠粘在了喉咙上，掉不下去了吗？能有这种事吗？

记得还不到五岁的时候，亲王就曾经不小心把一块同这颗珍珠一样大小的玉吞进肚里。玉有可能是从后宫女官的首饰之类的东西上面掉下来的，是一小块。那天，亲王躺在面朝清凉殿东庭的榻板上，拿着这块玉玩，不知道怎么回事玉就蹦到了嘴里。他在惊慌之中咽了一口唾沫。一眨眼的工夫，玉就缓慢地通过了食道，掉进了胃里。后来好一番折腾，不知叫来多少名医，服药也没有任何效果。最后藤原药子出手了，她自己开了一个名叫牵牛子的处方让亲王服用，第三天早晨，在孩子排泄到筐子里的大便当中，就发现了那块玉。啊呀，宫中上下自然都长舒了一口气。顺带一提，所谓牵牛子就是奈良时期，唐土舶来的牵牛花的种子，当时是颇为贵重的泻药。

为了找到玉石，药子泰然自若地用手将筐子里的大便翻来翻去。找到之后，大功告成似的药子现出巧笑倩兮的模样。对那时药子洋洋自得的表情，亲王仍记忆犹新，他仿佛刹那间忘记了喉咙的疼痛，绽开了笑容。

然而，这是哪儿？即便是躺着，也丝毫感觉不到前后左右的摇晃，显然不是在船上。这么说，阿拉伯船难道已经逃离了魔鬼之海，顺利抵达目的地狮子国了吗？还是又被风刮到了其他意想不到的岛上？既不清楚自己身在何处，似乎也没有来人的迹象，亲王霍地挺起身：

"喂，有人吗？"

亲王大声呼唤，突然发现自己的声音完全变了。他只能发出一种尖锐的、像是烘干了水分似的沙哑声音。果然喉咙还是不正常。虽然他也满不在乎地想，这会不会是错觉，然而肯定不是，喉咙的痛感真实存在，确实是病了。那么真相大白了，假如我注定活不过一年，那么我这就是快要死了。

这样想着，亲王反倒如释重负一般坦然。在我一无所知的时候，命运的车轮静静地、有条不紊地转动着，一丝不苟地预备着我那尚不明了的死期。我非古代高僧，也从未迫切地想要得知死期。难道死亡真的化作珍珠之形，进入了我的喉咙深处？我将死亡之珠吞下去了吗？然后我要和死亡之珠一起去往天竺。或许到达天竺以后，伴随着不可名状的芳香，死亡之珠"啪"的一声裂开，我便酩酊大醉一般死去。不，应该说我的死地便是天竺。只要死亡之珠裂开，天竺的芬芳就会升腾而起。何等豪迈啊。亲王豁然开朗，昂首挺胸，又喊道：

　　"喂，安展啊，圆觉啊，你们在哪儿？在的话回答我！"

　　然而，这声音沙哑得就如同是在吹一支破笛子，不堪入耳，根本不像健全人发出的声音。

　　究竟亲王乘坐的船来到了哪一片土地？在亲王自己没有弄清楚之前，我们暂且不表。不过眼下至少可以肯定，这里应该不是当初的目的地——狮子国。

频

伽

　　最早留下有关孟加拉湾魔鬼海域记载的，是南宋时期的周去非 [1]，他在岭南为官之后，将南海诸国见闻录整理为十卷《岭外代答》。根据他的记载，船舶从苏门答腊岛的蓝里 [2] 前往印度故临 [3] 时，需要多加小心，避开狮子国附近的魔鬼海域。据说倘若误闯入魔鬼海域，船不仅会一直徒劳无功地原地打转，甚至还出现过只一个晚上，船就被逆风吹回出发地蓝里的情况。从蓝里千辛

　　1　周去非，字直夫，南宋地理学家和笔记作家。任桂州通判时，他经常随事札记，笔录了岭南（今称两广或岭外）一带山川、古迹、物产、风俗等，还涉及南洋、大秦、木兰皮国的地方风俗、物产、疆场、经闻纪闻，笔记录得四百多条。后来，他根据范成大的《桂海虞衡志》及耳闻目见，加以整理，用答亲朋询问的形式写成《岭外代答》一书。

　　2　蓝里，即蓝无里国。在今印度尼西亚苏门答腊岛西北角亚齐河下游哥打拉夜一带。南宋周去非《岭外代答》"大食诸国"条、《宋史·外国传六》"大食国"条均作蓝里。

　　3　故临，古印度国名，《岭外代答》中有记载。故地在今印度马拉巴尔海岸之奎隆一带，为古代中国与印度洋、波斯湾沿岸海上交通所必经之地。

万苦抵达狮子国近海需要将近一个月，然而一夜之间重回蓝里，可见这风力非同小可。只能说这是配得上魔鬼海域的魔鬼之风。而亲王乘坐的阿拉伯船，难保不是误入狮子国附近的魔鬼海域之后，在逆风怪力的压迫之下，沿着赤道一直被吹向东方，一晚上就被送到了苏门答腊岛的北端。纵然是精通天象、可以随意操纵船只的领航人卡马尔，对这突如其来的逆风也始料未及。

于是亲王一行在毫不知情的情况下随船飘荡在万里波涛之中，当反应过来的时候，天色泛白，已然漂泊到了苏门答腊岛一角。自不待言，船上没有一个人知道这里就是苏门答腊岛。

当时，苏门答腊岛上有一个梵语名称叫作"Sri-Vijaya"的国家，百年以来，作为一个华贵的佛教王国而大名鼎鼎。唐土将这个"SriVijaya"音译为室利佛逝几个字。虽然鼎盛时代已过，但看到全国各地高高耸立的砖瓦或石头的佛塔，这片室利佛逝的土地曾经得到大乘佛教怎样的教化浸润便一目了然，而从那些像是被遗落在林间、星星点点古香古色的神像和林伽中，也能够看出曾经讴歌佛法的盛况。在亲王漂泊至此的大约两百年前，那位大唐僧人义净在西渡天竺途中，之所以曾在此地前后旅居七年，只能是因为这片土地有足以让他心驰神往之处。

漂流之夜过去，踏上岛屿的亲王一行人，做梦也想不到他们居然会在距离孟加拉湾百里开外的佛教王国一隅，看到随处可见的无数佛教遗迹，丘陵上、山谷间，矗立着不计其数的金字塔形的佛塔，都不敢相信自己的眼睛。一看到鳞次栉比的佛塔，他们便以为这个地方多半是天竺声威所及之处，不，肯定是这样。此地的佛塔尤为雄浑，直指天日，反射着耀眼的阳光，彰显着赭红色的宏伟姿态，让人不能不那样认为。安展入迷地仰望着佛塔尖，感慨道：

"这一路经过了真腊、盘盘、阿拉干，都是盛行佛教的国家，但是从未见到过如此盛大的佛法宏通的标志。这佛塔是何等豪迈。看来这里就是狮子国了吧。没想到我们的船竟被风吹到了狮子国。圆觉，你觉得呢？"

圆觉也受到感染，难掩兴奋地说道：

"虽然不知道这里是不是狮子国，但起码可以肯定这里应该离天竺很近，沐浴着教化之光。说不定，我们已经越过狮子国，来到了天竺内地。这种感觉很强烈。而且我总觉得不知道哪里飘来阵阵奇异的芳香，这就是证据，不过也可能是我的错觉。我第一次有这种体验。亲王，您怎么看？"

圆觉兴高采烈地问道，然而出人意料的是亲王却沉默不语。对于坚信天竺近在眼前、乐不可支的圆觉而言，亲王这种不可思议的沉默让人着急。

"您没有回答，是不是因为昨夜以来您的嗓子更疼了？我是这么想的，还是您另有缘由……"

圆觉猜测着，亲王默默地笑了：

"不是，也没有什么别的缘由。只不过你们说这里离天竺很近，我不相信罢了。仅此而已。"

圆觉似乎很惊讶：

"这又是为什么？"

亲王使劲儿用沙哑的嗓音说道：

"想想吧。怎么可能就这么轻而易举地到达天竺？我觉得，要去天竺，必然还要经历千难万险。船被风吹跑了，不明不白地漂到了天竺，果真如此，不觉得索然无味吗？不觉得若有所失吗？"

这时安展一脸愕然，接过圆觉的话说道：

"您说轻而易举，可是亲王，我们从广州出发以来，已经在南海诸国四处漂泊了接近一年。何谈轻而易举？一想到如此艰难都没能到达天竺，我都难过得想哭。我觉得既然吃了这么多的苦，也差不多该到天竺了吧。若有所失什么的，此言差矣。亲王您何必追求没有必要的辛苦和困难呢？如果这里就是狮子国，没必要再那么辛苦了。"

"是的，如果这里是狮子国的话……算了，日后必有分晓。"

轻描淡写地搪塞了一句，亲王停下了无谓的交谈，将安展和圆觉两人留在身后，开始向岛屿内部连绵的丘陵地带走去，打算探查一下这个第一次见到的岛屿的内部。

这个岛与先前在南海诸国见到的极为不同，岛上火山遍布，既有活火山，也有过去曾经大爆发过、喷出物将一部分佛教遗址掩埋的休眠火山。三人走着，目睹着过去恐怖的火山活动造成的影响，看到满地堆积的火山灰、岩石，以及冷却凝固后的岩浆。不过因为这里多雨，所以火山灰上迅速生长出了植物。有些地方笼罩着湿润的水气，犹如潮湿的沼泽，一旦靠近茂密的羊齿植物，便会有一种脚被牵住、要陷下去的感觉。三个人小心翼翼地走着。

走了一里地，视野忽然开阔，来到了一片密林环绕、近乎圆形、不是特别大的洼地，上面覆盖着茂密的矮草，可能是湿地植物。这片洼地中央是一个寂静的、溢满清水的沼泽。一种肉厚猩红、直径可达一米、长着五片花瓣的不知名怪花，盛开在沼泽边上。这种花的巨大程度令人难以置信。而且奇怪的是，这种花看上去既没有茎也没有叶，仿佛单单只有花朵一般仰面朝天，结构与平常的植物截然不同。也就是说，这种植物只有花，而且花倒映在沼泽的水中，不时映照出血红的颜色，人们至少由此能够看出它是活的。

如今众所周知，大约是在亲王时代的一千年以后，当时在苏门答腊探险的英国东印度公司要员托马斯·斯坦福·莱佛士爵士，曾偶然遇到了这种世界上最大的花，将其命名为大王花。然而无论是亲王，还是安展、圆觉，皆对这种后世之事一无所知，因此当他们见到这种妖孽一般的花时，自然是一头雾水。即便是通晓本草学的圆觉，对这个不可能在唐土学问体系中占有一席之地的、荒蛮土地上的植物也是毫无头绪。一时间三个人都像惊呆了一样，一句话也说不出来，也没想到要走进洼地，只是在密林之中眺望着那奇形怪状的花。过了一会儿，安展挤出一句话，像是自言自语：

"如果有人只长着脑袋，那一定是妖怪，那东西看上去也是只长着花的妖怪植物，越看越觉得可怕。总之是恶魔花。我觉得就凭这种恶魔似的植物横行无忌，这里就不是狮子国，多半是教化之光未及的蛮荒之地。嗯，搞不懂啊。"

圆觉也自言自语道：

"如来佛端坐莲花之上，而这种花上面只能坐着恶鬼。模样与其说是像莲花，更接近于山茶花，就像是巨大的山茶花掉在了地上。如此说来，《庄子·逍遥游》

中曾写道，上古有大椿者，以八千岁为春，八千岁为秋，难道这就是所谓的大椿之花？但大归大，这显然不是那样难能可贵的花。这花像是一直在散发着尸臭，在这儿都能闻到扑鼻的恶臭。啊呀，太恶心了。"

唯独亲王像是忘记了说话似的，全神贯注地凝望着对面那似乎断然拒绝接近烈日、独自熊熊燃烧一般绽放的巨大花朵。

就这样三人木然地伫立着，忽然感觉身后有人。

"干什么的，你们？"

回头一看，只见那儿站着一个仅围着单薄围裙、骨瘦嶙峋的年轻男子，正用刺探似的眼神，瞄着三个人。男子开口说的是三人旅居盘盘国时已经耳熟能详的马来语，此时立刻就回忆起来了。伶牙俐齿的安展上前，同样用马来语说道：

"我们是来自日本的旅人。"

"这里不是随随便便就能来的地方。在这里干什么？"

"因为遇到了奇特的花，所以看得入迷，不知不觉忘记了时间。"

男人眼中充满了怀疑：

"为了保险起见，问一下，有没有用手碰那些花？"

安展仰天大笑：

"谁会用手去碰？就是让我碰，我也不会碰的。"

或许是看到安展的反应后放心了一些，男子的语气缓和了下来：

"那是食人花。能够在一瞬间吸掉人的汁液，把人变成木乃伊。你们没有靠近它是明智之举。"

安展吓了一跳：

"头一次听说食人花，这个地方长着很多吗？"

"并不多。食人花喜好火山喷发后地温升高的环境，因为最近火山活动减少，所以它们的数量也减少了，全国可能不到三十株吧。因此这花才备受珍视，才会有我这样的看花人奉命保护这些花。如果枯萎了，我不仅丢脸，而且会失业。"

"为什么一定要保护这些花呢？是谁要保护花呢？"

"当然是这个国家的国王要保护。至于为什么，是为了制作历任王妃的木乃伊呀。这花除此以外别无他用。"

正当安展要再次追问时，对面山谷里忽然传来一阵吹海螺的声音，男子顿时心神不宁。

"啊呀，那是王妃要去拜佛的队伍，这会儿刚好经过那座丘陵下面的山谷，你们想看也可以去看。有生之年能够一睹王妃美丽的尊容，是我们这些下人可遇不可求的，是这世上最大的福分。不要错失良机。来吧，快点儿，快点儿。一旦王妃生了孩子，就别指望这种眼福了。来吧，快点儿，快点儿。"

虽然没明白是怎么回事，三人在男子的催促下，连滚带爬似的急急忙忙跑下山坡，来到郁郁葱葱的山谷，躲在道旁一棵大树的影子里，等待王妃的队伍走来。

没等多久，王妃的队伍就来了。号称是队伍，但并没有什么排场，人也不是很多，先头是四个吹螺的孩子，后面就是被十几名侍女环绕、悠然自得地骑在象背上的王妃，她一只手挥动着极乐鸟羽毛做的扇子，缓缓前进。果然正如守花男子所说，不曾想到能够在这里见到这般佳人，王妃的身姿是如此娇艳。芳龄应该尚不满十七，但却透露出一种与年龄不符的傲慢。亲王立刻想到，药子年轻时候或许也和这王妃一样，像个小大人似的。这样想着，亲王忽然心头一紧。虽然这女人的穿着打扮像是王室的贵妇，但亲王总觉得似曾相识。

这时队伍恰好从眼前经过，破碎的记忆倏忽间复苏了，亲王不由得轻声叫了出来。因为她一本正经地端着王室夫人的架子，所以一下子没认出来，但这个女人，不就是我再熟悉不过的盘盘国那个举止轻佻的公主帕塔莉娅·帕塔塔吗？亲王回忆着，连喉咙的疼痛都抛在了脑后，情不自禁高声叫道：

"喂，帕塔莉娅·帕塔塔公主。又见面了呀！"

登时，象背上的王妃也发现了亲王，大眼睛瞪得更大了，惊喜地说道：

"喔，亲王！你不知道我有多想念你……"

听到这句话，亲王高兴得眼泪禁不住要夺眶而出。今天，此时此刻，在这条山间道路上，与帕塔莉娅·帕塔塔重逢，难不成是前世的约定？实话实说，陷入这种神秘主义的想法，对于亲王而言实属罕见。

亲王曾旅居的马来半岛盘盘国，其太守的女儿帕塔莉娅·帕塔塔公主，嫁入了自古与盘盘国保持密切友邦关系的苏门答腊岛室利佛逝，如今，已经是这个国家的王妃了。虽然写的是友邦关系，但相隔马六甲海峡的盘盘和室利佛逝两国的关系，可能更接近姻亲关系。两国均为著名的佛教王国，共同管理着多个当时南边海上贸易的重要地点，亲密得如同是一个国家。

帕塔莉娅·帕塔塔公主，准确来说是帕塔莉娅·帕塔莉娅·帕塔塔公主。因为按照这个国家的习俗，女人结婚之后，第一个名字要重复一遍。公主还是姑娘的时候，曾患上了病因不明的忧郁症，在婆罗门的建议下，食用过父亲营建的貘园里面貘的肉。无论是父亲还是侍女，都以为公主真的吃了，实际上公主固执地没有下口，

頻伽

而是悄悄地把盘子里的肉扔了，假装吃了而已。亲王作为貘的食物——梦的提供者，也被蒙在鼓里，还天真地以为貘吃了自己的梦，而少女吃了貘的肉，因此自己与少女自然而然融为一体了。

经常来貘园玩的帕塔莉娅·帕塔塔公主与亲王渐渐熟识，不知不觉开始聊天。任性自我的公主，不知为何对亲王很友善，两人还曾经一起观赏动物园的珍禽异兽。每当这个时候，公主都非常开心。亲王为了西渡天竺，登上太守预备的船舶，即将从投拘利港出发时，公主和太守父亲一起来送行，但那时她始终噘着嘴，一脸嗔怒，即便亲王笑脸相迎，她也是赌气把头撇向一边。毕竟，公主本就是那种喜怒无常的样子。

在山间路上与帕塔莉娅·帕塔塔公主偶遇的一个来月之后，亲王感到喉咙的痛感愈发强烈，迫不得已俯卧在旅舍，一间海边的小屋。安展、圆觉，还有春丸都无时无刻不在担心着亲王的病情。

"亲王，从昨天开始您就没有吃东西了，这样下去您的身体会慢慢衰弱的。我做了红薯粥，知道您不舒服，但怎么也得吃一口吧。"

春丸拖着哭腔哀求着，然而亲王却面露难色，说道：

"很多迹象都表明，我就要死了，已经是板上钉钉的事了。所以没必要担心。我从小就喜欢喝红薯粥，不过现在红薯不一定能咽下去啊。只是粥的话，一定能喝的。"

趁身边人不注意，亲王便偷偷把盘子里的饭倒掉，假装自己吃过了。不论安展、圆觉还是春丸，当然不至于粗心大意到发现不了，而是觉得亲王连这都吃不下，于心不忍，事已至此，不知该说什么。三人常常一早便匆匆忙忙地离开宿处，想方设法从岛上找一些方便亲王食用、容易下咽的东西。这一天同样是三个人出门了，亲王独自一人百无聊赖地在小屋里睡觉。

这时，忽然有人客客气气地敲响了小屋的门，开门一看，却是帕塔莉娅·帕塔塔公主。她与前日相比模样大变，衣着朴素，满面愁容。

"听闻您生病了，不知近况如何？不胜忧虑，故而登门打扰。"

亲王笑了：

"你听我说话的声音，便知我病情如何了。感觉什么东西卡在了嗓子里，不能随心所欲地发出声音。日子越久，就越严重。我这样说话，你听着很难受吧？"

"没有，一点也不。"

"而且最近几乎吃不了东西了，咽不下去。我真切地感受到，大限将至，生命行将尽头了。很难说，是到

达天竺在先，还是吾命休矣在先。如果二者能够同期而
至自然是最好。"

公主忽然疯了似的大声叫道：

"是的，就是这样。说实话，我也会在一年之内死
去。只能说是不可思议，自从见到亲王的那天起，月事
就再也没有来过。"

亲王听得糊里糊涂。公主将死，和公主停经，究竟
有何关联？但公主并未理会一脸困惑的亲王，自己却又
忽然兴高采烈地靠近过来，像是要抓住亲王的手似的，
趴在亲王耳边说道：

"哎，我带你去我死之后要进的墓庙吧，一起去
吧？那可是不论唐土僧人还是天竺僧人，只要到这个国
家都一定要去参观的著名墓庙。我觉得亲王应该也有兴
趣。哎，行吧？走吧。"

亲王已经习惯了公主的任性，可是今日的确兴致
不高，不想出门。但眼看公主起身要走，不同去又不
忍心，心思犹犹豫豫地被对方带走了，都没有流露出
反对的神情，就跟在公主后面走出了小屋。一出小屋，
公主像是下了什么决心，默不作声地赶路，两人几乎
一路无话。

走了一会儿，只见远处小山丘上有一座宏伟的灰
色建筑，是用安山岩石材堆砌而成，呈现出不规则的

金字塔形状。这应该就是公主所说的墓庙。山丘并没
有多高，亲王却爬得气喘吁吁，这是从未有过的事情。
虽说亲王的体力不至于此，但终归是病情恶化了。待
爬到山顶向四处看去，目力所见是一片辽阔的沃野，
远方圆锥形的火山屹立在青空之下，山顶不断地吐出
薄烟，犹如羽毛头饰一般。亲王忘记了擦汗，陶醉于
壮观的风景之中。

　　墓庙建造在一座基本呈四边形、五层高的基座上，
每一层基座都有宽阔的长廊环绕，长廊到第三层都是方
形的，四层向上则是圆形，上面雕刻着无数佛龛，而且
每一个都安放着佛像。耸立在这座五层基座之上的塔庙，
是一座上头尖的炮弹形建筑，踏着陡级向上，便会发现
内部的空间远比从外面估计的大得多。

　　亲王的手被公主牵着，跌跌撞撞地走进塔庙内部。
没有窗户的室内略显昏暗，不知道里面究竟有什么东
西。随后公主麻利地点亮了似乎是准备好的松明，伸向
圆形室内的墙边。顿时，墙边一排怪异的东西在啪啪爆
裂的火花下，从黑暗中显现出来。是等人高的佛像。至
少刚开始的时候看起来是佛像。然而随着眼睛渐渐适
应，这些过于栩栩如生的佛像让亲王大吃一惊。佛像一
共二十二尊，既有年轻的，也有年长的，都是半裸的女
人像，保持着活生生的姿态，生动得让人害怕，而且连

毛孔都还原得分毫不差，甚至从她们的姿态上还能感受
到一种淫邪。看到了不该看的东西，亲王心中一阵惶恐。
这时，公主终于开口了：

"这些是室利佛逝历代王妃的肉身像。顺利地生
下孩子的王妃都平静地变成了木乃伊。因此，每一张
脸都带着自豪的神情，甚至挂着微笑。她们最小的
十九岁，最大的三十三岁。如果算上我，那我毫无疑
问是最年轻的。就是这样，只要生了孩子，我就会变
成木乃伊，永远沉睡在这座塔庙之中。我是多么期待
着自己怀孕，又是多么憎恶那不能怀上孩子的屈辱。
之所以这么说，是因为我的丈夫生来身心虚弱，很可
能根本无法让女人怀孕。此前在山间路上遇到亲王，
其实就是在山对面湿婆神祠祈求神明赐子的归途。不
过，已经没有那个必要了。或许是湿婆神的恩泽吧，
我顺利怀孕了。也可能是托亲王的福，自从那天之后，
我就再没来过月事。"

这时亲王插话道：

"有一点我很不理解，这个国家法律规定王妃生完
孩子之后必须得死吗？"

"是的。"

"这又是为什么呢？"

"这个，我也不知道原因。只要生了孩子，女人的

生命就该结束，没有活下去的必要，或许就是出于这种考虑吧。听说从几百年以前，就没有一位王妃迟疑过，反而踊跃积极，翘首以盼进入这个墓庙。对我来说也是一样，不仅能够永葆青春，还能够成为有史以来进入墓庙最年轻的人，再没有比这更荣耀的事情了。墓庙是能够让我青春永驻的地方。"

"你说，生了孩子就得死，那么究竟是怎样做的？"

"呀，我还没有说过这件事呢。有一个不可多得的方法。在这附近的湿地，有一种擅长吸收人体水分、把人变得干燥的植物……"

"嗯，这么说我也见过。是那种大得出奇的红花吧？"

"只要坐在那种植物的大花上，体内的水分就会自然枯竭，变成一具真真正正的木乃伊。不论过多少年，皮肤的光泽和弹性都一如从前，保持着生前的那种娇嫩水润，堪称那植物不可思议的灵力。只有在沐浴教化之光的土地，才能生长出这种奇特的植物。记得此前来访的唐土高僧，在亲眼见到墓庙中林立的肉身像之后，曾泪眼婆娑地感慨道，在唐土从未见识过此般奇迹。据说在唐土制作木乃伊，需要涂漆晒干，工序极为复杂。在日本是怎么样的呢？亲王您也看过了，印象如何？"

"何止印象，是被深深地震撼了，不知道该怎样说。日本也并非没有化为木乃伊的高僧，比如我的师父空海高僧，就是在预感到死期之后，断水绝食，服用丹药，在高野山的岩洞里结跏趺坐直至入定，然而以我之寡闻，除了空海高僧，对其他实现过这样伟业的高僧知之甚少。更不用说有关女性的了。恰巧高野山盛产水银，也许空海高僧就是利用水银，从而掌握了使自己身体干燥的方法。我曾瞻仰过灵柩中空海高僧的遗容，宛如青铜人像。"

一边说着，两人走出昏暗的室内，站在墓庙顶部的露台。天空湛蓝，阳光明媚，远方的火山呈现出鲜明的紫色。因为是在距离地面很高的地方，往来的风没有阻碍，暑热也没有那么难以忍受。两人沉默着坐在石阶上，眺望着晴空背景下千姿百态的火山烟雾。过了一会儿，公主又说话了：

"哎，亲王真的想要去天竺吗？即便为此而死也无所谓吗？"

这种神秘兮兮、抑扬顿挫的语调吓了亲王一跳，他转过头重新审视公主的脸。公主面带微笑，先前亲王屡屡见到的那种残忍的神色，在公主脸上一晃便消失了。不过亲王并没有介意：

"当然。西渡天竺是我奉献生命的大业，死而无憾。"

"这么说无论是到达天竺再离世，还是离世之后再到达天竺，从结果而言并没有什么不同吧？"

"如果时间上能够一致，那当然是再好不过。如果希望渺茫，那二者孰先孰后，都完全没有关系。"

这时公主眼睛闪过一道光芒：

"这样的话我有一个好主意。您应该听说过舍身饲虎这个故事吧？只要亲王有佛典知识，就一定知道这个故事。从这个国家一直向南走，海对岸的北方有一个名叫罗越[1]的国家，那里有很多老虎，据说老虎就像候鸟一样，往返于罗越和天竺，从不随意踏入其他土地。而且老虎总是饥肠辘辘，想要吃新鲜的人肉，对尸体不屑一顾。我想到的方法是，您说即便是死后再到天竺也没关系，那么您可以献身于虎，在老虎腹中悠然自得地到达天竺，您意下如何？"

亲王的声音不禁激动起来：

"这很有趣。就好像是坐着牛车，摇摇晃晃游山玩水似的。老虎将我怀于腹中，代我行至天竺，这主意实在是妙不可言。"

说到这儿，两人不由得相视大笑，仿佛达成了共识

---

1 罗越，国名。见于中国唐朝史籍。是古代东西方海上交通要冲。故地在今马来西亚马来亚南部柔佛附近地区。

一般。随后公主好像是自言自语一样，嘟囔道：

"真开心呀。这样我就差不多能和亲王同时死去了。这正是我的净福。孩子一定和亲王一模一样。"

虽然很对不起固执的帕塔莉娅·帕塔塔公主，但世上常常会出现所谓的假孕现象，公主的告白不见得就是事实，未必可信。没有月经，并不一定是妊娠的标志。即便十月十天的孕期已满，公主或许也永远不会生下孩子，因此，那必然的死期也永远不会到来。

亲王漠然地眺望着远方的火山，感慨良多，恐怕以后不会再到这么高的地方来了吧。因为喉咙的疼痛，到这里的一路更是苦不堪言。就像过去空海高僧开玩笑说的那样，尽管年轻时，自己是那么喜爱登高。

回到小屋，亲王随即把安展、圆觉、春丸三人叫到近前，兴致勃勃地要把所谓高明办法告诉他们。

"我想到了一个好办法。我要让老虎吃掉。老虎把我揣于腹中，径直送往天竺。如何，这个办法？"

安展瞠目结舌：

"您胡说什么呢？再说，到哪里找这么懂事的老虎，还能把亲王您送到天竺？"

"有的。听说跑到罗越这个国家的天竺老虎，都有重返故土的习性。因此，先要渡海去往罗越，寻找老虎群居之所。易如反掌。"

"这种事，是谁跟您说的？"

"帕塔莉娅·帕塔塔公主。她很聪明，对这一带也很熟悉，应该不会有错。"

圆觉心疼地看着这两三天日渐消瘦的亲王，说道：

"不管怎样，我们都不可能无动于衷地看着亲王被老虎从脑袋开始咬得粉身碎骨。亲王，不要再说笑了。为了亲王，我们水深火热在所不辞，唯独此事恕难从命。"

春丸也劝道：

"好不容易才到天竺，身体却变成了冰冷的骸骨，而且还是在野兽的肚子里，您不觉得太可怕了吗？死了就看不到菩提伽耶圣地，看不到祇园精舍，也看不到亲王常常挂在嘴边的那烂陀寺院，听不到亲王喜爱的迦陵频伽了。即便是您的病严重了，但只要活着……"

一直闭目聆听的亲王，听到这里打断了春丸的话：

"不，事情可没有那么简单啊。我的身体已经衰弱到这般田地，怎能幸运地活着到达遥远的天竺？我想都不敢想。不能盲目乐观。而且听说老虎不吃尸体。如果我死了，这个计划也就泡汤了。刚才一直没说话，是因为这段时间不仅嗓子疼，呼吸也困难了，走路更是不堪其苦。要是能在嗓子上打开一个风口，兴许还能舒服一些。圆觉，抢了你的专长实在抱歉，《庄子·大宗师》曾言：'真人之息以踵，众人之息以喉。'了解这个道理之后，我真想快一点达到真人的境界，可以用脚后跟呼吸。"

说到这儿亲王想笑，但笑不出声。只能发出可怜的类似于笑声的声音。三位弟子沉默不语，只是忧伤地垂着头。这时亲王又提高嗓门，接着说道：

"不用觉得被老虎吃掉有多么残酷，而要把这看作一件极其自然的事。原本人从天地而生，死后重归天地，你们不觉得与其强行埋入冰冷的坟墓，倒不如将我的肉喂给饥饿的老虎，成为老虎的一部分一路奔赴天竺，更符合自然规律吗？释迦牟尼尊，已经树立了舍身饲虎这样一个优秀的典范。现而今，我对那只尚未谋面的罗越老虎，不久之后将要把我吃掉的罗越老虎，怎么说呢，有了一种悲恻怜爱的感情。"

几天之后，或许是在王妃的安排下，室利佛逝宫廷将四头健壮的大象送到了亲王的旅舍。一行四人可以骑象前往罗越。不过，要去罗越，必须从此地向南行约二百里，抵达苏门答腊岛上与对岸的马来半岛之间距离最近的地点，然后再从那里乘船去往对岸。地处马来半岛南端的罗越国，当时，是以星洲岛（今天的新加坡）

为中心的一个十分繁荣的国家，也是以南方海上贸易为根基的诸多小国之一。关于罗越国，一行四人所知道的也就只有这么多。

终于到了启程的前一天，亲王卧在小屋里面的稻草上，吃力地用肩膀呼吸，他把弟子们叫到眼前，用细若蚊鸣的声音，出人意料地说了这样一句话：

"今天能让我任性一次吗？能不能给我拿一个刚好能用手握住的圆东西？那边地上的石头就行。"

"明白。"

春丸站起身，连忙跑到外面，没有几分钟，便拿着一块正合手的石头回来了。这一会儿工夫，亲王似乎迷迷糊糊地打起了盹。

"亲王，石头拿过来了。"

春丸悄声说道，亲王徐徐睁开眼睛：

"噢，可以。忘记了，能不能扶我起来？"

安展从后面托着亲王的肩膀，将他从稻草上扶了起来。

"让我的右手握住石头。嗯，这样就可以了。"

亲王的手紧紧攥着石头。忽然，他把右手高高举过头顶，做了一个向远处扔的动作，而且一次又一次地重复这个动作。然后，嘴里像是唱歌似的：

"飞向天竺吧。"

　　弟子们呆若木鸡，啊，难道亲王的脑子也坏了吗？众人都沉默不语。比常人更容易落泪的圆觉，紧咬嘴唇，强忍呜咽。

　　可是亲王并没有真的把石头扔出去，像是很快厌烦了似的，将石头丢在了地上，又躺下闭上了眼睛。安展附身问道：

　　"您做了什么？那块石头有什么符咒吗？"

　　他竭力想要问得随意一些，亲王微微开口答道：

　　"没有没有，并没有什么特别的。我小的时候，你们也都知道的，那个臭名昭著、名叫药子的藤原氏女人，对我很照顾，有一次，那个药子用力向昏暗的庭院里扔了一个发光的小圆形物体。那个场面难以忘怀，刚才在这里昏昏欲睡，突然想起来了，便想着自己也模仿一下药子。"

　　"您模仿了，感觉怎么样？"

　　"嗯，也没有什么特别，也没什么意思。很奇怪，为什么这件事会一直深深地印在我的脑海里？不过我早就想，死之前一定要亲自试一次。"

　　刚说完，亲王又发出了入睡似的呼吸声。看到弟子们愁云满面，过了一会儿，亲王又用微弱的声音说道：

　　"抱歉啊，能不能扶我起来。帕塔莉娅·帕塔塔公主来了。"

话这样说着，可是亲王的表情显然是睡着了，不禁让人怀疑刚才说的话会不会是梦话。是的，那一定是梦话。因为周围根本就看不到帕塔莉娅·帕塔塔公主的身影。弟子们面面相觑，不知该如何是好。然而，只见没过多久亲王的嘴又动了，安展急忙托住亲王的肩膀，把他扶起来，用稻草支撑住身体。亲王又坐了起来，但仍然没有睁开眼睛，似乎依旧在沉睡之中徜徉，好像正在做梦。

在这里变换一下场景，我们也跟随帕塔莉娅·帕塔塔公主，一起去亲王的梦里吧。

开门，闪身进入小屋，公主立刻像蛇一样扭动着柔软的身姿，来到亲王枕边，悄声说道：

"您嗓子的疼痛，怎么样了？从那以后有没有一些好转？"

就像刚才说的那样，亲王借助安展的手坐起身：

"哪里会好，好像是越来越疼了。不留神吞下去一大颗珍珠，它卡在了嗓子里，怎么也出不来。你看，这里是肿了吧。你摸摸看。"

公主伸出细长的手指，轻轻触摸亲王右边的脖颈。然后把声音压得更低：

"您看，我的手指这样细长。如果可以的话，我把手指伸进亲王的嗓子，抓住珍珠把它拿出来如何？"

亲王不由得像个孩子似的连连点头。

公主的手指又细又白，而且长度似有常人两倍。指甲也很长，打磨得如玛瑙一般美丽。当手指伸到眼前，亲王有一种看到食虫植物藤蔓的错觉。他虽然有些害怕，但还是顺从地张开了嘴，迎接着手指。

再没有比这更简单的手术了。公主把手指深深探入亲王的喉咙，随即取出一大颗光彩夺目的珍珠，一边满面笑容，一边将其展示出来。竟然是这样的东西一直卡在我的嗓子里，亲王用好奇的目光端详着夹在公主指间的珍珠。

"如何？现在是不是神清气爽？"

这么一说，还真是如此，病症似乎已经痊愈。虽然先前呼吸困难，但现在却十分畅快。正在感慨，公主的话又像鞭子一样抽打在亲王耳朵上：

"给亲王带来死亡的，就是这颗珍珠。但是，它是这样美丽。只要选择了美丽的珍珠，就无法躲避死亡。如果要避开死亡，就必须舍弃珍珠。那么，二选一吧。当然，无论怎样选择，都是亲王的自由。"

奇怪的是，说这话的声音已经不再是公主的声音，而是变成了略带嘲讽语气的药子的声音。就连她的形象，也早已从公主变成了药子。是什么时候变的？不知道。即便是正在做梦的亲王都没能察觉到这种变化，其他人更是看不出来。只能说这是梦里常有的事。

然后药子站起身，右手高高举起珍珠，这时，她手中的珍珠也变成了小石头大小，一闪一闪地发着光。她继续说道：

"没关系，亲王。请放心。即使这一世的生命走到尽头，只要这个发光的东西飞越大海到达日本，亲王的生命就会在那里再次顽强地生根发芽。亲王只是化作灵魂，永远在天竺游乐而已。"

说完，药子瞥了一眼坐在房间里的安展和圆觉，从容不迫地挥手，把发光的石头扔向外面：

"飞向日本吧。"

石头从土墙中间穿过，飞掠椰子树梢，划出一道闪闪发亮、永不消逝的弧线，飞向远方苍穹。与此同时，药子的身影也消失了。

亲王颓然跌倒在稻草上。自始至终茫然地看着他的三位弟子心想，亲王不会是咽气了吧，急忙来到他身边，仔细查看亲王的脸。只见亲王脸上带着一种意想不到的安详神情，弟子们这才舒展愁眉。圆觉抄着手，像是自言自语似的说道：

"奇怪啊，怎么有种女人的气味，好像是余香。"

因为三个人都在梦之外，自然从头到尾都根本不可能看到公主和药子。人怎么可能见到出现在别人梦中的人物呢？

　　圆觉还有一个疑问久久不能释怀，那就是屋里怎么也找不到春丸捡回来的那块石头了。那块石头难道被扔到了小屋外面吗？

　　出发当天早晨，亲王被弟子们协力抬上象背，有一种久违的畅快心情。象背上安装着一个小铺位，亲王可以在旅途中舒舒服服地躺着。想来，这都是帕塔莉娅·帕塔塔公主的安排。尽管梦中痊愈的喉咙疼痛和呼吸困难，醒来之后旧态依然，这让亲王心灰意冷，但临行时激动的心情却几乎让他忘记了这些不适。

　　去往罗越的旅行，就不必在此详述了。沿着苏门答腊岛东海岸南下，一行人脚下趟着泥水。这里呈现潮湿泥泞的大沼泽景致，与火山地带的西海岸截然不同，不骑大象什么的根本无法通行。一行人还是一定要谢谢公主的安排。历时三个多月，众人终于抵达了甘巴尔河，从这里能够看到马六甲海峡。包括满身泥浆的大象在内，大家都体会到一种仿佛重生了一般的感觉。从这里开始不再骑象，而要雇船去往对岸的星洲岛。然后，就抵达了罗越。

　　不曾想到星洲岛竟然是一个地面被茂盛的热带植

物覆盖，所见之处一片荒凉的岛屿。虽然从堆积的石头能够看出当初港口的痕迹，但显然这里已经被废弃了一段时间，空留石头在海浪之中。难怪雇船的时候，当地人一脸的不情愿，想来也是理所当然。据当地人讲，老虎沿着孟加拉湾来到马来半岛的最南端，然后游过星洲岛和本土之间狭窄的柔佛海峡来到岛上。

抵达当晚，亲王独自一人，走进他选中的丛林之中，翻身躺在草地上，整夜，不停地念着弥勒的宝号等待着老虎，然而这一夜老虎并没有出现，待到早晨，他失落地回到弟子们身边，苦笑着说：

"连死也这么不顺利。不论如何，就在明晚了。"

第二天晚上，皎洁的月光一如前夜，温润地洒在地上。亲王走后，弟子们专心致志地合唱着弥勒宝号，彻夜未眠。纵然是想睡也无法成眠。很快天明，然而天光大亮亲王也没有回来。

三人面面相觑，起身跑向亲王栖身的灌木丛。可是那里并没有亲王的身影，只有一副被鲜血浸染的尸骨，在清晨的阳光下泛着惨白的光。

"啊，啊，难过啊，难过啊！这世上还有比这更难过的事吗？亲王走了！"

安展扑倒在地，用拳头捶着地面，撕心裂肺地哭了起来，圆觉也攥着旁边的树，一边拼命地摇晃，一边号啕大哭。

这时，忽然响起一声尖利响亮的叫声，犹如一道霓虹当空划过，只见一尾黄绿色的小鸟从草地上翩翩而起。

亲王、亲王、亲王……

这只小鸟像黄莺一样，却长着春丸的脸，圆圆的眼睛里噙满了泪水。或许是想要和老虎一起去往天竺吧。安展和圆觉都忘记了收拾尸骨，久久伫立着，木然地凝望着这只鸟飞去的方向。

亲王、亲王、亲王……

声音渐渐远去，它的身影也越来越小，化为一个小点，消失在西方的天际。

"它应该就是频伽鸟吧。听到频伽鸟的鸣叫，我们就如同到达了天竺。"

两人说着，仿佛终于缓过了神，开始沉默着收拾亲王的遗骨。骨头那么轻，像塑料一样，与亲王的潇洒很相称。

　　尽管不能肯定，但是根据推测，亲王于罗越国圆寂
应是在唐咸通六年，也就是日本贞观七年的年底。享年
六十七岁。这段旅程环游诸海，周游列国，然则从广州
启程之后，尚不足一年。

解説

高橋克彦

　　从大约十五年前开始，我书房靠近门的墙上，始终贴着同一张海报。设计者是横尾忠则。整张海报为丝网印刷，是舞蹈家土方巽公演的介绍。这是横尾君早期的代表作品。不是复印版，而是制作于1965年的原作。曾有画商熟人告诉我，它相当值钱。当时他试探着问我，愿不愿意以三十万（日元）的价格出手，被我当场拒绝。这是七八年前的事了，现如今估计的话应该价值七八十万（日元）吧。彼时我还没有开始写作，对于金钱可谓如饥似渴。我自问，即便在那种情形下都没有卖，是为什么？既不是为了等进一步升值，也并没有执着于收藏。当初的日子，连买本喜爱的画册都不能随心所欲，哪里有闲暇坐等升值？更不用说收藏了。于我而言，横尾君是如同神明一般的存在，而我拥有的他的原作仅此一张。倘若我只是从构图、被画册收录等美术品角度的价值观来看待它的话，那么毫无疑问我会被画商说动。之所以没有卖，是因为这张海报与我的人生息息相关。

舞蹈公演的主题是"玫瑰色舞蹈"，副标题是"去涩泽先生家那边"。

这是土方巽接触涩泽龙彦神秘主义人格之后创作的一部舞蹈作品。模仿马塞尔·普鲁斯特《追忆逝水年华》系列作品标题之一的这部作品，发表之初即成为热议的话题。那时候我还是一名高中生，无法前往东京观看，只能通过青年杂志之类的来想象舞台。虽然我从未后悔自己在岩手县出生长大，但只有那一次演出和披头士在东京的公演，成为我一生的遗憾。

那年年底，盛冈举办横尾忠则海报展，当时只是1965年，确实很前卫。那时横尾君因为设计了寺山修司剧团的看台和唐十郎的情况剧场的公演海报，已风靡年轻人群，但海报的价值尚未得到日本美术界的认可。亲赴会场的我欣喜若狂。会场中央就是那张熠熠生辉的"去涩泽先生家那边"的海报。价钱我记不太清楚了，可能是两三千日元，如果不是的话我一介高中生也买不起。就这样这张海报属于我了，这二十五年来，无论住处从岩手搬到东京，还是从东京又迁回岩手，它始终贴在我房间的墙壁上。在这张海报与我之间，是一段完整的历史。因此，我才会在被问价三十万日元之后依旧断然拒绝。如果出手，就是对自己人生的否定。始终张贴这张海报，也是我核心的自我表达。

1967年8月6日，从新闻播报中得知，前一天下午，涩泽先生撒手人寰，随之一阵眩晕向我袭来。6日那天是我的生日。

当天午夜，我把酒拿进书房，在海报前痛饮一场。海报上半部分印着涩泽先生的照片，这是一张先生身穿短裤、屈膝而坐的漂亮照片，长腿令人印象深刻。日本人的肖像画中很少有如此让人记忆犹新的。想来，应该也不会有人像我这样花大把时间欣赏这张照片。尽管那只是一张偶然被印在海报上的照片，但算来我每日这样与涩泽先生见面四五次。一闭上眼睛，穿着宽松的夏季针织开衫的涩泽先生的脸便浮现出来。不过，无论站在海报前怎么拼命想象，素未谋面的涩泽先生也不会从海报上走下来。对于我来说，他是那么遥远，连声音、身材我都无法想象。

两个月后，我开始在《周刊文春》连载题目为《潘多拉之盒》的侦探小说，主题是昭和四十年代的青春。那段时间，我正热衷于涩泽先生的作品。希望涩泽先生也可以听到吧，我曾怀揣着这样一种心情，借这部小说当中一个主人公之口述怀，这样写道：

电影也好小说也好，全完了，彻底沦为消磨时光和哄小孩的东西了。最近涩泽龙彦这样的天才死了，周刊杂志连个特集都没出。反倒是听说明星结婚的收视率都接近百分之五十啊。世道什么时候变成了这样。

如今重读，便觉得连自己感想的十分之一都未能表达出来，一边写这篇解说文，一边遗憾得忍不住想哭。我甚至厌恶自己生活在这样的日本。自从与《黑魔术手帖》相逢，长久以来涩泽先生不知满足了我多少渴望……我稍稍留心确认了一下年谱，桃源社出版《黑魔术手帖》是在 1961 年 10 月。之所以要像这样查阅年谱，是因为我手头的书并非初版，而是数年后发行的《涩泽龙彦集成》当中的一册，对此我感到甚为可惜。如果这部集成出版得没有那么早，而今我的书架上必定有整整齐齐的一排涩泽先生早期的初版书。当时我就像一个书贩子似的，集成的新卷一经出版，便立刻把这一新卷中收录的相应初版书送去二手书店，卖给朋友。那是在 1970 年，当时我二十三岁，想读的书还有许许多多，并没有宽裕到允许自己手上有两本内容相同的书。从当时保存到现在的仅剩《梦的宇宙志》和《新·萨德选集》全八册。《梦的宇宙志》是因为集成的照片版式太小了，因而没有舍弃原本，保留萨德选集则是因为它未被集成收录。在神田的二手书街每每遇到于思曼的《逆流》，以及《毒药手帖》《异端肖像》《情爱》等美丽的初版书，就会唤醒青春痛苦的愁思。可是……追寻这段记忆的时候我忽然想起了另一番情景：记得在盛冈的小书店里，我曾在众目睽睽之下爬上木制的脚凳从书架上取下《恶德的繁荣》。这本书现在也在手边。现代思潮社出版普及版是在 1950 年，比《黑魔术手帖》早一年。原来是这样，我明白了。前一年年底涩泽先生翻译的《恶德的繁荣·续》在次年 4 月份遭遇禁售，这反而让它声名鹊起，普及版的《恶德的繁荣》十分畅销。那时，我十三岁，读初中一年级，接触这本书应该是出于对性的好奇，而非为了欣赏法国文学。或许读者们会说，这是个多早熟的孩子，不过当时我已经是一个通读江户川乱步全集的老成孩子了，因而我对性方面的描写印象不深，但唯独被萨德这个人的可怕和博大折服。明明对此记得一清二楚，然而缘何三十年来我始终把我和涩泽先生的初次相遇误认为是《黑魔术手帖》呢？或许是因为一个固执的想法支配着我吧，那就是译作严格来讲不算是他的著作。尽管不是很确切，但不论如何，我可以算作是从十三岁就开始阅读涩泽先生的作品了。涩泽先生伴我成长，即便这么写也是无可争议。我能够像现在这样成为一名作家，大半要归功于涩泽先生。黑魔术、毒药、侏儒、地底世界、皮革马利翁效应、布林维利尔侯爵夫人、乌托邦、畸形、诺查丹玛斯、秘密结社、空中花园，如果将涩泽先生书中这些魅力四射的元素罗列在此，那么本文将会被完全占满。这并不仅限于我一个人，它们几乎适用于当代创作科幻和神秘小说、幻想小说，以及传奇小说的所有小说家。每个人都用不同的形式复制着涩泽先生的世界。正因为是复制，所以其醇厚程度远不能企及本家……这些差距在涩泽先生创作的小说中一目了然。涩泽先生身后的作品不多。仅有《高丘亲王航海记》一部长篇和《犬狼都市》《唐草物语》《沉睡的公主》《虚舟》等四部短篇集。与宏大的评论集、散文，以及译作相比，这项事业虽然数量上不及其二十分之一，却是何等的细密、丰润、魔幻和魅惑。

　　记忆中三岛由纪夫曾撰文褒奖过涩泽先生的小说，此前四处搜寻资料，却未能找到。不过我还记得文章的要点。"倘若没有涩泽先生，日本小说该会是多么无趣。"几乎是无与伦比的夸奖。然而三岛由纪夫的表扬仅仅是送给《犬狼都市》这一本书的，其他作品均问世于三岛由纪夫去世之后。如果三岛君还活着，亲眼看到《唐草物语》或《沉睡的公主》，又将作何感慨呢？想必他在褒奖时不会仅仅使用上文的那种反问句式，应该会嫉妒得想把书丢在一旁吧。再若是《高丘亲王航海记》的话……这是只能用奇迹来形容的伟大杰作。不用说本世纪，在迄今为止的日本文学当中，我都不记得我读到过如此水准的故事。我讨厌老调重弹，但想在此引用我以前写过的文章。那是某本杂志约我写的书评：

　　　　为十足的透明感和幻想的香甜而如痴如醉难抑泪水。绝少有书能让四十岁的人流泪。就在小说之流（我自己也在写，"之流"这个说法有些奇怪）俨然成为一种离奇可笑的传递信息之手段，已经自暴自弃、沦为消遣的时刻，我遭到了当头一棒。

　　　　可惜，我并不具备在小小的纸面上表达出如此震撼的感动的能力。我能给出的评价只能追寻"喜欢""讨厌"这种原始的感觉。而高丘亲王从日本到天竺的七个梦幻故事，让作为读者的我充满了肮脏内心的外壳被层层剥开时那种恐惧和愉悦。

　　我跟随这本书一同死去，然后又获得新生。恐怕今后高丘亲王的影子将永远伴随着我。我不知道竟有如此洁净的灵魂。与其说充满着死亡的预感，倒不如说是与魔鬼交易，用生命作为交换，成就了这样一部作品。把始终发挥着精神世界领头羊作用的伟大才能置于生命行将逝去的关头，为小说事业倾注全部的心血，这是我们小说家应有的自豪与自警。

　　小说仍然有着不可估量的塑造人的魔力。只不过，不论是我们还是读者，都已经忘却了。

以上感触毫不夸张。然而重读之后，却自觉羞愧难当。现在，距写完这篇书评已经两年多了，可是我觉得自己仍然只写过离奇可笑地传递信息的小说。心中虽然始终怀揣着梦想，希望能够多少企及涩泽先生所达到的高度，哪怕只是一步也好。但那是不可能的。渗透在字里行间的高贵气质是涩泽先生的天赋，不具有这种天赋的我即便是再怎么仿写，写出来的也不过是荒诞无稽或离谱奇异的怪谈。例如，故事描写了食用"美梦"就能排泄出"散发着令人陶然的馥郁芳香的粪便"的貘，详情还请参见原文。但要尤为注意的是，对粪便的描写带有着匪夷所思的情欲，甚至秋丸还小心翼翼将其捧在掌中，把鼻子埋入其中。这个片段我曾反复阅读。直觉告诉我这里面潜藏着涩泽先生写作的秘密，然而我却无法领悟。明明认为那是一种菌类，而得知那是粪便之后，这个意外的发现竟然让亲王精神为之一振。为什么知道那是粪便之后心神荡漾呢……我喜爱涩泽先生就在于此。再设想他是怎样在病床上写下这一段的……土方巽君曾一本正经地评价涩泽先生"他是神仙吗？"，事实的确如此。如果不是神，他不可能将直面的不安置之度外，从容不迫地书写粪便的片段。即便处理的是同一幻想，也会自然而然更接近于《沉睡的公主》的宗教式幻想。这样的话就是凡人了吧。在我看来，我并没有从这部小说中感受到舆论评价的那种面对死亡的不安和预感。由于涩泽先生的去世，世人对此做了过分的解读。相反，我认为其中充满了战胜死亡的喜悦。最后一章不是绝望，显然是与轮回的约定。作为涩泽先生的化身，亲王的魂魄暂且遨游天国，随后附着于发光的石头之上，在这个世界重生。起码涩泽先生自己一定是这样坚信着的。

即便如此，《高丘亲王航海记》仍旧是一部不可思议的小说。

匆匆浏览的话或许很难发现，如此奇思妙想的航海记，其实一半以上的故事都是亲王的梦。比如鸟一样的女人，高如宝塔的蚁冢，就连蜜人等等无不是亲王做的梦。亲王在船上小憩，或是在南国的海边昏昏欲睡、畅游梦境。而且更加不可思议的是，亲王的梦中融入了药子的梦，成为了梦中梦。以梦为主题是幻想小说一贯的套路，不过鲜有梦中梦。通常为了避免这种繁复，会将其中之一写为现实。读者都很理解，毕竟是幻想小说。即便是有鸟一样的女人也并不奇怪。又何必事先声明这是梦呢？那么干脆把獏，以及能把人类变成木乃伊的花都处理为梦即可。但从对药子的描写可以清楚地看到，这些不是一时兴起，而是深思熟虑的结果。亲王在现实世界旅行的时候，药子基本作为记忆登场，而当亲王遨游在梦境之中时，药子又作为另一层梦出现。这样的区别对待究竟是何目的？我给不出明确的答案。不过由此，药子的人物形象的确愈加突出，给人一种贯穿旅行全程的印象。重新翻开书页，药子出场的部分虽然寥寥无几，但其存在感却不亚于主人公亲王，应该就是这个原因。

海阔天空写了很多，感想所剩寥寥。近几天为了写这篇文章，我始终在琢磨涩泽先生。一有灵感，便做笔记。参看笔记，发现遗漏了重要的部分。

遗漏的是我的一个疑问，那就是年轻人究竟能够理解这部小说到何种程度？只看故事自然轻松。我想，他们应该也能够分毫不差地体会到书中所描写的幻想。然而，我不认为他们能够从心底对其中奔涌着的、超越了凄婉的笑意，以及对生命的关怀产生共鸣。从这个角度而言，这是一部成年人的小说。可以的话，四十岁、五十岁时也可以重新读过。应是常读常新。

泪水越发难以抑制。

高丘亲王的旅程，是所有人共同的心路旅程。

想来对于涩泽先生而言，这部作品也是生的证明吧。如今我深深地感受到，自己有它陪伴是幸福的。

涩泽先生未能亲眼看到这部作品成书便与世长辞。一想到他曾多么期盼这部作品成书，心中就感慨万千。更何况涩泽先生的这部作品还获得了读卖文学奖……

不，想必涩泽夫人已告知涩泽先生。只要我们把涩泽龙彦的名字放在心中，涩泽先生就永远活着。

　　高桥克彦，日本作家，1947 年出生，早稻田大学商学部毕业，毕业后曾担任短期大学的讲师，同时也有志于浮世绘的研究。

　　高桥克彦的推理作品曾多次获奖。《写乐杀人事件》获第 29 届江户川乱步奖，《总门谷》荣膺第 7 届吉川英治文学新人奖，《北斋杀人事件》获得第 40 届日本推理作家协会奖，《绯色的记忆》摘得日本大众文学最高奖项——第 106 届直木奖。